TARA
LA GUÉRISSEUSE

Kumpiy
Le Livre Sacré
Tome III

Du même auteur

- Témoins de lumière - Des aventures ordinaires
- Recueil de l'Être
- Cœur de Framboise à la frantonienne

Suite romanesque : Le Livre Sacré

- Kumpiy - Le Livre Sacré - Tome 1 - L'œil et le cobra
- Kumpiy - Le Livre Sacré - Tome 2 - La Confrérie du Cobra

Collection « de l'œil à l'Être »

- « Kung Fu Panda 1» et la puissance du « croire »
- « Kung Fu Panda 2» - La voie de la paix intérieure
- « Equilibrium » – Une vie sans émotions
- « La Belle Verte » - Retrouver sa nature
- « Inception » - Rêve, sommeil et manipulation
- « La jeune fille de l'eau » - Notre vie a un sens
- « Les fils de l'homme » - L'espoir au corps
- « V pour vendetta » - Vi Veri Veniversum Vivus Vici

TARA LA GUÉRISSEUSE

YGREC

Kumpiy
Le Livre Sacré
Tome III

© 2016
Auteur : YGREC
Production et éditeur : Books on Demand,
12/14 rond-point des Champs-Elysées, 75008 Paris, France.
Imprimé par Books on Demand GmbH,
Norderstedt, Allemagne. »

Deuxième édition
Photo de couverture Y. Chhun et Ygrec
Photos intérieures Y. Chhun

ISBN : 9782810621743

« Le Code de la propriété intellectuelle interdit les copies ou reproductions destinées à une utilisation collective. Toute représentation ou reproduction intégrale ou partielle faite par quelque procédé que ce soit, sans le consentement de l'auteur ou de ses ayants cause, est illicite et constitue une contrefaçon, aux termes des articles L.335-2 et suivants du Code de la propriété intellectuelle. »

Précisions utiles

La suite romanesque « Kumpiy le Livre Sacré » est une pure fiction. Les personnages des récits parus et à paraître, la « Confrérie du Cobra », l' « Ordre de la vipère noire » n'existent pas, et n'ont jamais existé. Ils sont nés un jour sous ma plume.

Au fil des récits, Tara, Michel, Meng et Gérard visiteront différents pays, et l'on pourra reconnaître certains paysages ou certains monuments, mais de nombreux lieux seront purement imaginaires. (Par exemple dans ce tome : l'impasse qui abrite le laboratoire secret de Pablo)

Toute ressemblance avec des personnes ou organisations existantes ne serait que pure coïncidence.

Pour tous les tomes, deux lectures sont possibles. Les uns y verront une histoire fantastique, les autres, un roman initiatique.

Tara la guérisseuse

Aperçu du tome I : « L'œil et le cobra ».

Tara découvre un vieux manuscrit et en fait l'acquisition. Aussitôt, apparaissent des phénomènes étranges et inexplicables.

En compagnie de Michel, elle mène l'enquête et fait la rencontre surprenante de Madame Oubaseka.

Celle-ci devient leur guide et Maître dans une folle chasse au trésor, passionnante, mais périlleuse, dont la piste ne se révèle qu'à la lecture et la compréhension de la succession d'énigmes distillées par le ***Livre Sacré***.

Aperçu du tome II : « La Confrérie du Cobra ».

Tara et Michel sont devenus les élèves de Meng Oubaseka. Ils ont rejoint la Confrérie du Cobra, dont la dernière réunion a été riche en surprise.

Leur première épreuve est devenue évidente, et ***Kumpiy, le Livre Sacré*** les a menés en l'Irlande où de nouvelles aventures les attendaient.

Rentrer sains et saufs, n'a pas été une mince affaire, et le mystère s'est encore épaissi.

Le soleil s'était couché sur la tour ronde entourée d'un délicieux jardin, un jardin transi qui attendait l'endormissement de l'hiver. Car le froid arrivait déjà, au moins avec la nuit.

Le silence régnait dans la propriété. C'était un silence léger, celui du repos. Au deuxième étage, et bien que les volets fussent fermés, on devinait une lumière allumée. Michel travaillait encore à un devoir à rendre. Il aurait voulu terminer le soir même, mais ses pensées vagabondaient, et il ne parvenait pas à la concentration nécessaire.

Quand il était venu faire ses études dans cette ville, il ne pouvait imaginer les aventures qui l'attendaient, et sa rencontre avec Tara, dont il était tombé amoureux tout de suite. Elle partageait maintenant sa vie. Une série d'événements plus abracadabrants les uns que les autres les avaient réunis. Ensemble, ils avaient fait la connaissance de Meng Oubaseka après la découverte de « Kumpiy ».

En Cambodgien, Kumpiy pouvait se traduire par livre sacré, ou grimoire. Ce livre les avait entraînés dans de folles aventures. Il se rappelait, avec effroi ou émotion, de la lutte avec les serpents, de l'admission au sein de la Confrérie du Cobra, des combats contre Vath, du vol de son épée et du voyage en Irlande.

Des liens solides s'étaient tissés entre Tara, Michel et Meng Oubaseka qui, depuis, avait entrepris leur Initiation, mais aussi avec Gérard, le notaire d'Yves Merlin, le Maître de Meng, maintenant décédé.

Michel s'inquiétait pour ces êtres qui lui étaient devenus chers, et qui étaient, pour lui, la famille qu'il n'avait jamais eue.

Abandonnant son devoir, Michel descendit au rez-de-chaussée où se trouvait la cuisine. Un thé lui ferait du bien.

Au passage, il poussa légèrement la porte de la chambre où Tara dormait déjà d'un sommeil apparemment paisible. La lumière du couloir éclairait son visage. Depuis le début de l'Initiation, Tara, avait perdu les quelques kilos qu'elle avait toujours rêvé de voir disparaître, mais son visage avait gardé une rondeur qui lui donnait toujours l'air épanoui, et qui provoquait, chez Michel, une furieuse envie de l'embrasser. Il tira doucement le battant pour ne pas la réveiller.

Au premier étage, la porte de la chambre du Maître était entrebâillée. La pièce était plongée dans l'obscurité. Meng dormait-elle ? Non ! Elle n'était pas dans la pièce, il le sentait.

L'enseignement portait ses fruits, son ressenti s'affinait, mais il ne serait jamais celui de Tara qui commençait à développer des facultés dont il n'aurait jamais imaginé l'existence quelques années auparavant.

Il trouva Madame Oubaseka dans la cuisine, debout, appuyée contre l'évier, enfermant son mug entre ses mains comme pour les réchauffer.

Son regard était ailleurs, loin, très loin. Peut-être avait-elle rejoint ce passé devenu douloureux, où elle suivait l'enseignement en même temps que Vath, qu'elle avait cru mort ; Vath qui avait trahi son Maître et la Confrérie, qui l'avait trahie aussi, qui n'aurait pas hésité à la tuer sans l'intervention de Michel.

Il s'arrêta à la porte et la regarda un moment. Il avait déjà fait demi-tour pour respecter son intimité, quand une voix, ferme et douce à la fois, l'interpella :

« Une tasse de thé ? L'eau est encore chaude ».

Michel se retourna. Meng le regardait maintenant de ses yeux noirs et brillants, dont la forme étirée, si caractéristique chez les Cambodgiens, donnait un reflet énigmatique à un regard chaleureux. Il accepta la tasse qu'elle lui tendait. « Je ne peux maintenir mon attention sur mon sujet » lui dit-il. « J'ai encore une dizaine de jours, mais tout de même ! »

« Laisse venir ! » répondit Meng. « La volonté et le « faire » doivent exister, bien entendu, mais il faut ensuite lâcher et faire place nette pour la réception. Tu poses des questions, et tu attends des réponses. Même si ces réponses viennent de toi-même, tu ne les entendras jamais si tu n'écoutes pas. La solution est souvent à notre portée, mais nos pensées tournent en rond, brouillant les pistes ».

Elle le regardait maintenant intensément et semblait attendre quelque chose. Et comme il se taisait, elle ajouta :

« Tu te fais trop de soucis, tout ira bien ».

Tout comme Michel, Meng pensait à leur lutte, en Irlande, contre les membres de l' « Ordre de la vipère noire », elle n'oubliait pas la liste qu'ils avaient trouvée, et sur laquelle figurait le nom barré de son Maître.

Bien sûr, elle avait vu Yves Merlin mourir, mais n'avait-il pas été, tout de même, assassiné ? Certains poisons laissent peu de traces.

Ses réflexions intérieures furent interrompues par la réponse de Michel.

« Si d'autres listes existent, nous serons tous les quatre sur celle de Vath. Il en fera une affaire personnelle ».

Meng était d'accord avec Michel, mais elle ne devait montrer aucune inquiétude.

Elle lui donna quelques gouttes d'une mixture de son cru en lui expliquant ses bienfaits pour un sommeil réparateur, et l'envoya autoritairement se coucher, le prévenant d'un cours important le lendemain.

M adame Oubaseka entendait les pas feutrés du jeune homme dans l'escalier.

Il fallait être confiant. Meng veillait sur Tara et Michel. Elle les initiait. C'était la mission que lui avait confiée son Maître, Yves Merlin, avant de mourir.

Il lui avait laissé une lourde tâche, non que Tara et Michel n'en vaillent pas la peine, ou n'en soient pas capables, bien au contraire.

Elle s'était profondément attachée à eux. D'ailleurs, elle veillait aussi, parce qu'ils étaient devenus ses élèves, et les enfants qu'elle n'avait jamais eus.

Non ! La tâche était lourde parce qu'il y avait l'enveloppe rouge et ses informations secrètes. Cette enveloppe lui avait été remise par Gérard Duval-Lapaz, le notaire d'Yves, avant qu'elle accepte de devenir le Maître des deux jeunes gens. Sa décision ne devait être prise qu'en connaissance de cause.

Depuis, Gérard était devenu un ami fidèle qui la secondait efficacement.

D'autres inconnus veillaient sur eux. Ils s'étaient manifestés plusieurs fois déjà, notamment en Irlande.

Ils apparaissaient au bon moment, et disparaissaient de la même façon.

Elle aurait bien aimé connaître leur identité ! Mais personne n'avait pu lui fournir le moindre indice. Elle suspectait le Grand Maître de la Confrérie du Cobra, d'avoir créé ce commando de l'ombre.

Elle monta dans sa chambre. Elle ne voulait penser qu'à son enseignement du lendemain.

Tara était maintenant prête à aller plus loin dans les activités de soins. Elle avait une perception fine du ressenti des autres, une perception que, Meng, qui appartenait au groupe des guerriers, n'était parvenue à acquérir qu'après le cinquième degré.

Elle demanderait à Michel de participer à ces cours, il devait connaître, au moins en partie, les autres disciplines.

Mais lui aussi était un guerrier, et il lui faudrait beaucoup plus de temps pour obtenir les résultats de Tara.

L'enseignement devait respecter le tempérament de départ de l'apprenti. Nous avions tous un comportement de base, mais nous pouvions tous parvenir au dernier degré avec les mêmes facultés et les mêmes connaissances. C'était comme si nous arrivions tous au même endroit, en passant par des chemins différents.

Elle s'arrêta un moment sur le palier. Tout était calme, mais elle était aux aguets. Quelque chose se préparait, elle le sentait.

« Taraaa ! Taraaa ! » Une voix chuchotait à l'oreille de Tara. C'était un souffle dont l'écho étouffé résonnait dans sa tête endolorie. Cette voix insistait en prenant des accents angoissés. Une atmosphère glacée enveloppait la jeune femme.

Tara n'avait pas la force de répondre, et ses sourcils se fronçaient. Elle s'agitait en gémissant. Elle se tourna maladroitement. Son corps lui sembla lourd. Mais cette voix continuait ses appels : « Taraaa ! Sauve-le ! Taraaa ! ».

Tara ouvrit difficilement les yeux. Elle se sentait oppressée et lasse. Le jour pointait. Un peu de lumière passait entre les volets fermés, mais la pièce baignait encore dans une demi-obscurité. Elle se releva légèrement, et s'appuyant sur son coude, elle se pencha pour prendre le verre d'eau qu'elle avait posé la veille sur sa table de chevet.

Brusquement, Tara se jeta instinctivement sur l'oreiller et tira la couverture à elle. Une forme blanche, flottante et vaporeuse, se détachait sur le mur.

Maintenant totalement éveillée, Tara écarquillait les yeux. Les légers mouvements de l'apparition dévoilaient un corps. Il n'avait rien de palpable et semblait être transparent, mais on pouvait deviner une silhouette fine, un visage aux traits asiatiques, un regard tourmenté et implorant, une bouche qui essayait de sourire. On eut dit que cette « entité » ne parvenait pas à chasser, en elle, une sourde inquiétude.

Le son voilé demandait à Tara de sauver quelqu'un. Il l'atteignait en plein cœur, un cœur qui, maintenant, battait à tout rompre.

« Micheeel ! » s'entendit-elle hurler.

Michel sursauta et se leva d'un bond, déjà prêt au combat. La forme avait disparu, mais le corps de Tara tremblait de terreur.

Madame Oubaseka avait entendu l'appel et était sortie sur le palier. Les mains crispées sur la rampe, la tête levée, elle interrogea les jeunes gens.

« Nous descendons Maître » lui répondit Michel. « Pouvons-nous vous parler ? ».

Meng sentit immédiatement une présence. Il n'y avait pas d'agressivité en elle, mais elle vous communiquait une sorte d'angoisse. Un courant d'air froid passa, puis disparut.

Meng regardait autour d'elle, scrutant l'espace pour déceler, au moins, un semblant de forme.

« Rejoignez-moi dans la bibliothèque, j'apporte le petit-déjeuner » dit-elle.

Cette présence n'était pas une menace en elle-même, mais elle la précédait. Meng en était certaine.

Tara et Michel s'installèrent dans la bibliothèque qui, au premier étage, faisait face à la chambre de Madame Oubaseka ».

Meng arrivait avec un plateau, apportant de quoi se restaurer. Tout était calme maintenant.

Tara, encore tremblante, raconta ce qu'elle avait vu : « je vous jure que je ne suis pas folle ! Vous me croyez n'est-ce pas ? »

Michel la serra contre lui : « Mais bien sûr enfin ! ».

Meng lui sourit. « Nous, nous te croyons car nous savons que d'autres mondes existent, mais ne dis cela à personne.

Beaucoup trop de gens ne croient pas à l'existence de ce qu'ils ne voient pas. Ils admettent pourtant que l'air est invisible, mais qu'ils ne pourraient vivre sans lui, que nos yeux ne perçoivent pas les ondes, mais qu'on peut les mesurer.

C'est ainsi ! La transformation des esprits se fera lentement. Notre rôle, en tant que membre de la Confrérie, est de participer, chacun à notre place, à la spiritualisation du monde. Se connaître soi-même, c'est se libérer ! C'est pour cela que nos actions réveillent des forces contraires. Elles voudraient régner sur des esclaves.»

Elle se leva, se dirigea vers l'étagère où était rangé Kumpiy, saisit le gros livre et revint vers les jeunes gens.

En voyant le vieux bouquin, Tara pensa à tout ce qui leur était arrivé depuis qu'elle l'avait trouvé, dans une boutique, près de son lieu de travail.

Les aventures s'étaient succédé sans leur laisser le temps de souffler ; des aventures passionnantes, une fois qu'on en était sorti vivant !

Elle regrettait parfois les heures de tranquillité, et même celles de l'ennui.

Mais elle avait rencontré Michel, qu'elle aimait plus que tout au monde, et Meng qu'elle admirait au plus haut point, et Gérard, si paternel, si proche de vous quand vous en aviez besoin.

Mais elle avait maintenant accès à des connaissances qui lui auraient paru invraisemblables il y a quelques années ; des connaissances fascinantes auxquelles il était difficile de renoncer.

Tous ces « mais » la ramenaient vers le livre, vers les énigmes, vers l'aventure.

Tous ces « mais » l'aidaient à comprendre qu'elle ne serait plus jamais comme avant, et qu'arrêter son Initiation lui serait impossible.

La voix de Meng la ramena sur terre.

« **N**ous ne savons pas qui est cette femme, mais son message a sans doute une grande importance » dit-elle.

« Je ne crois pas qu'il y ait d'animosité en elle. Elle vient pour nous aider.

Rappelez-vous que nous recevons toujours de l'aide dans l'accomplissement de notre tâche. Elle vient parfois de façon inattendue ».

Michel s'interrogeait : « Pouvez-vous nous dire ce que c'était ? »

Meng ne pouvait pas être précise : « Il y a plusieurs possibilités. Cela peut être une personne, éloignée géographiquement, et qui tente de communiquer. C'est alors une projection d'elle. Mais cela peut-être aussi une entité, un être désincarné. Elle vient alors sous la forme qu'elle avait dans sa dernière incarnation, ou sous une autre forme, celle qu'elle juge bonne.

- Un fantôme ? Demanda Tara affolée.
- Oui, on peut dire ça. Quoi qu'elle soit, cette apparition a le même but, nous avertir de quelque chose. Ouvrons Kumpiy. »

Les jeunes gens en avaient l'habitude maintenant. Ils savaient que Kumpiy délivrait des réponses à leur questionnement. Le moins que l'on puisse dire, c'est qu'elles étaient énigmatiques.

Tara et Michel, bien que toujours hésitants, prenaient de l'assurance dans l'interprétation que l'on pouvait donner aux mots et aux phrases. Ils savaient qu'il y avait toujours plusieurs étages de compréhension.

Meng leur recommandait la vigilance, les mots étaient étroits, et en même temps, très larges.

Tara et Michel la questionnaient souvent sur cette apparente contradiction.

« C'est vous qui, inconsciemment, déterminez l'étroitesse ou la largeur » leur répondait-elle, « c'est votre regard qui change la signification d'un mot ».

Puis elle précisait : « S'Initier, c'est développer sa conscience. »

Avant d'ouvrir le livre, il fallait se concentrer sur une question ou un problème, et laisser faire le « hasard ».

Meng leur rappelait souvent que le hasard, tel qu'il était défini généralement, n'existait pas.

« Tout a un sens » leur répétait-elle. « Tout se place sur notre chemin pour nous permettre d'assumer notre projet de vie. Mais bien sûr, nous sommes libres de voir ces signes ou pas ».

Michel fut désigné pour l'ouverture. Il ferma les yeux, se concentra, et laissa le livre s'ouvrir.

Les trois amis se penchèrent sur Kumpiy.

La page de gauche dévoilait le dessin d'un méditant assis en lotus sur le globe terrestre. Des cercles de plus en plus grands entouraient sa tête.

Il s'agissait peut-être de la représentation d'ondes qui permettaient à l'homme de prendre contact avec l'univers.

À droite figurait ce texte :

> *Fluide ou Onde*
> *Qui voit connaîtra*
>
> *Tous inondent*
> *Mais nul ne saura*
>
> *Par le monde*
> *Lequel sauvera*

Ils étaient sur la bonne voie. Le verbe *sauver* revenait. Il fallait maintenant interpréter.

Le texte présentait quelques difficultés. Meng souriait. Elle leur apprit alors que l'énigme se référait au cours qu'elle avait l'intention de leur donner le jour même.

Michel proposa une explication : « celui qui voit les ondes et les fluides a le pouvoir de sauver. Il peut accéder à la connaissance par cette voie ».

Meng rajouta que celui qui voit, doit apprendre à maîtriser ces forces.

« Mais il y a doute », lança Tara intriguée, « *nul ne saura, lequel sauvera* »

« Oui ! » reprit Meng, « Celui qui apprend à utiliser les fluides est confronté à des imprévus, il fait des rencontres parfois étranges.

Tout cela lui permet de soigner et de sauver, mais aussi, d'apprendre davantage encore de son pouvoir, donc de lui-même.

Mais ce doute peut être autre. Réfléchissez bien ! »

Michel relut le texte à haute voix et annonça : « Mais oui ! Le doute pèse aussi sur l'identité du sauveur ».

Tara rajouta alors, que, « *tous inondent* », insistait sur la faculté de chacun à recevoir ces fluides et ces ondes, et donc de les utiliser et de les offrir.

« Exactement ! » répliqua Madame Oubaseka. « Le pouvoir se révèle parfois de la façon la plus étonnante, ou chez celui qu'on attendait le moins.

Chacun de nous a les mêmes facultés en lui. En même temps, chacun de nous suit le chemin qui lui permettra d'accomplir son projet de vie.

C'est ainsi que certains ne se douteront jamais des possibilités qui leur sont offertes. D'ailleurs, peu importe, car leurs projets de vie ne prévoient peut-être pas l'utilisation de ces forces, bien que, parfois elle leur serait utile ».

Tara réfléchissait. « C'est bien dommage tout de même ! »

« C'est certain » répondit Meng, « leur chemin sera différent, c'est tout ».

Tara et Michel étaient perplexes. L'appel de cette femme confirmait donc l'intuition de Meng : Tara devait se diriger vers les soins. Elle était donc dans la voie juste, et portait, à raison, la broche des guérisseurs de la Confrérie du Cobra.

Mais qui devait-elle sauver ?

« L'idée de sauver ou d'être sauvé est complexe » insista Madame Oubaseka, « Quand on prend ce terme dans sa signification spirituelle, l'idée est alors aberrante sur le plan terrestre.
C'est ainsi qu'un malheur peut vous permettre de vous libérer de l'emprise absolue de l'ego, et vous apprendre à vivre avec lui, car il ne s'agit pas de le détruire mais de l'apprivoiser. Du point de vue spirituel, ce malheur vous a élevé. Il a permis une évolution, donc il vous a sauvé. »

« Maître ! Pouvez-vous nous donner un exemple ? » lui demanda Michel.

Meng réfléchit. « Par exemple : un enfant tombe dans une rivière. Un homme se jette à l'eau, alors qu'il y a un fort courant, qu'il va risquer sa vie, et qu'il a peu de chance de sauver l'enfant. Il arrive quand même à le ramener. Nous dirons immédiatement que l'homme a sauvé l'enfant.

Pourtant l'enfant a sauvé cet homme. Comment ?

Il lui a donné l'occasion d'affronter ses peurs, la peur de mourir bien sûr, mais la peur de ne pas réussir, de ne pas être à la hauteur, la peur de s'affronter.
Il lui a permis de comprendre comment il pouvait être capable d'altruisme, et peut-être ainsi de se réconcilier avec lui-même.
Rappelez-vous que beaucoup ont une mauvaise opinion d'eux-mêmes. C'est pour cela qu'ils se conforment à ce que l'on attend d'eux. Comprenez-vous maintenant ? ».

Les choses étaient plus claires pour Tara et Michel.

Ils prenaient aussi conscience que l'enseignement spirituel était très large. Un seul mot pouvait enclencher une quantité invraisemblable de questions.

La matinée était déjà bien entamée. Meng donnait un cours d'arts martiaux à un groupe d'enfants, en début d'après-midi.

Comme d'habitude, les trois amis se retrouveraient ensuite pour un enseignement, devant une tasse de thé.

Si rien ne le retenait à l'étude, Gérard les rejoignait pendant ces séances. Il apportait toujours des compléments intéressants.

Ils s'entraînaient ensuite tous ensemble au wushu, ou pratiquaient la méditation, selon le programme qu'ils s'étaient fixé.

Aujourd'hui, les événements avaient un peu bousculé tout le monde. Tara aiderait Meng pendant son cours, et Michel retournerait à son devoir non terminé.

Tara, comme Michel, participait souvent aux réunions avec les enfants, rectifiant un geste, donnant un encouragement, réprimandant parfois. Tara s'amusait toujours beaucoup des commentaires des « petits » de Meng, comme elle les appelait tendrement. Mais pour l'heure, elle était pensive.

Quand les enfants furent partis, elle aida son Maître à ranger la salle.

Elle s'apprêtait à fermer la première fenêtre, quand un sentiment étrange l'oppressa.

Les battements de son cœur s'accélérèrent, son souffle devint court. Le « fantôme » était là, devant elle, lui répétant les mêmes mots.

Meng sentit son malaise et devina une présence, la même que le matin. Elle rejoint Tara, qui maintenant, manquait d'air.

« Michel, c'est Michel !! Dit-elle haletante. Soudain, les yeux exorbités de terreur, elle sortit en courant de la salle.

Madame Oubaseka la suivit à courte distance et s'arrêta sur le pas de la porte. Tara s'était arrêtée aussi. Pieds nus sur les petits cailloux de la cour, elle appelait Michel qui venait d'aller chercher le courrier. Il portait un colis. Michel se retourna.

« Pose ce paquet à terre et écarte-toi » lui dit-elle d'un ton devenu calme et froid.

« - Comment ?
- Pose ce paquet vite ! »

Michel ne comprenait pas, mais Meng accourut. Arrivée au niveau de Tara, elle lança sa main paume en avant. Le paquet s'envola des mains de Michel et tomba à terre une dizaine de mètres plus loin. Elle entraîna aussitôt Tara vers Michel, les jeta tous deux à terre, les protégeant le mieux possible de son corps, tandis qu'une formidable explosion retentissait.

Tout s'était passé en quelques secondes, laissant les jeunes gens étourdis mais soulagés.

En arrivant, Gérard s'étonna de leur mine sérieuse. Il fallut peu de temps pour lui raconter les derniers événements.

Tara avait expliqué comment elle avait eu la même vision que le matin, puis celle de Michel portant un paquet.

Meng avait averti le Grand Maître de la Confrérie qui pourrait peut-être lui donner quelques éléments de réponse après enquête.

L'événement venait de se produire, Tara était encore sous le choc. Elle essayait de montrer un visage calme, mais Meng sentait en elle le tremblement intérieur de celui qui se contient, mais garde au fond de lui un traumatisme.

La peur, la douleur, le malheur, les siens comme ceux des autres, s'imprégnaient toujours intensément en Tara.

Sous prétexte de ne pas montrer ses états d'âme, puisque la société nous formatait pour considérer cela comme une faiblesse, elle ne lâchait pas sa souffrance.

Quand sa formation serait terminée, quand elle comprendrait que ressentir et pouvoir exprimer ce ressenti avec un regard clair sur soi-même, était une force, Tara serait capable de la plus grande compassion.

« Le cours prévu aujourd'hui concernait la guérison » dit Meng en regardant Tara. « Les événements nous donnent l'occasion d'un exercice pratique. Vient Tara ! Allonge-toi sur le canapé !

- Je me sens tout à fait bien !
- Bien sûr ! Mais je t'ai choisie comme cobaye.
- C'est sympa ! Merci ! »

Sans la toucher, Meng plaça ses mains au-dessus du plexus solaire de Tara : « Que sens-tu à cet instant ?

- De la chaleur, Maître
- Lors d'un choc – car il y a d'autres cas - l'énergie semble parfois être sortie brusquement. Il faudra un certain temps pour retrouver un équilibre.
En réalité l'énergie est toujours là, mais la lumière s'est éteinte. Pour prendre une image, c'est comme un interrupteur levé ou baissé.
Laisse entrer cette chaleur en toi, c'est une énergie qui s'installe. Visualise, en même temps que moi, cette énergie parcourir ton corps. La visualisation est très efficace.
- Mais Maître si vous me donnez votre énergie, vous n'en aurez plus assez pour vous !
- C'est gentil de t'en préoccuper. Rappelle-toi que tous ne sont pas dans cette disposition. Ils te pomperont au risque de te détruire. Tu dois apprendre à ne libérer que ce qui est nécessaire. Si tu donnes trop, c'est toi qui manqueras d'énergie.

Pour récupérer ensuite, il est possible de se ressourcer, grâce à la nature, au soleil, et tout simplement en respirant, la respiration consciente étant plus efficace encore. Mais attention ! On ne se connecte pas à l'objet mais à la source.
- Et si je le faisais directement ?
- Tu dois le faire, mais il faut se rappeler que le choc produit un déficit important et brutal. Il arrive même, que certaines personnes ne comprennent pas ce qui se passe. Elles sont mal, elles sont dans le noir, mais, pour reprendre l'illustration de tout à l'heure, elles n'imaginent pas que la lumière s'est éteinte.

Par le don d'énergie d'une autre personne, la guérison se fait plus rapidement. C'est comme un coup de fouet qui permet à la personne de se reprendre. On branche le courant en quelque sorte.

Au moment où elle s'est reprise, il lui est possible de chercher à comprendre l'événement pour s'en guérir. Je dis bien, il lui est possible, car ensuite, tout dépend du patient.

Le mot guérisseur n'est pas très approprié, car on ne guérit personne, on permet au malade de se guérir lui-même. Encore faut-il que ce malade le veuille.»

Michel ne comprenait pas tout à fait les dernières phrases. Gérard expliqua : « certaines personnes restent prisonnières de leur ego, pour de multiples raisons. Elles ne veulent pas, ou ne peuvent pas sortir de la victimisation, ou de la culpabilité. Elles refusent, consciemment ou pas, la responsabilité.

« La responsabilité ? » intervint Tara qui s'était maintenant assise, « comment peut-on se sentir responsable, dans, par exemple, ce qui vient de nous arriver ? »

Meng reconnut là l'erreur la plus fréquente. « Ce mot engendre beaucoup de confusions. En l'utilisant, la plupart lui donnent la même signification que culpabilité.

La culpabilité ne peut que s'attacher à l'événement en lui-même et dans l'instant. Elle peut ensuite perdurer.

La responsabilité dont nous vous parlons est une responsabilité spirituelle. Elle ne découle pas directement de l'événement, mais de ce qui suit ou précède cet événement. Nous sommes toujours responsables de notre guérison, avec ou sans influence karmique. »

Michel s'agitait nerveusement sur sa chaise : « quelque chose me gène dans cette idée de karma ».

Gérard revenait de la cuisine. Il avait préparé du thé, et les deux jeunes gens avancèrent leurs tasses. Il avait cependant suivi la conversation.

« Cette notion de karma est souvent mal comprise. Il n'y a pas de punition ou de récompense. *Je subis ce que j'ai fait dans une autre vie* est un raccourci facile. Ce n'est pas totalement faux, mais ce n'est pas non plus exact. »

« En effet » intervint Meng, complétant ainsi les propos de Gérard. « Le karma est effectivement l'ensemble de nos actes et de leurs conséquences. Mais nous vivons cette vie pour comprendre ce qui ne l'a pas été précédemment.

C'est ainsi, par exemple, que les événements se reproduisent parce que nous n'avons pas appris ce qu'il était important d'intégrer pour notre évolution. »

Tara réfléchissait. « Le karma engendre donc les événements qui adviennent pour nous permettre d'évoluer » dit-elle. « Et bien sûr, en fonction de ce que nous avons déjà appris, donc vécu. »

L'explication avait aussi éclairé Michel : « je comprends mieux maintenant. Mais cela devient alors très compliqué ».

Meng sourit et expliqua : « cela devient compliqué si tu te demandes toujours ce que tu as pu faire dans une autre vie pour subir ce qui t'arrive. »

Tara écoutait attentivement mais s'interrogeait. « Mais ! Comment faire ? »

« Vivre l'instant présent… » Déclara Gérard en se tournant vers Meng pour lui laisser le mot de la fin.

« Et suivre un chemin de rectitude » ajouta-t-elle en riant.

Michel, le coude appuyé sur la table, le menton dans sa main, un regard perplexe perdu dans le néant, déclencha, dans un soupir, l'hilarité générale : « c'est pas gagné !! ».

Tara la guérisseuse

Ces moments de convivialité et l'enseignement dispensé avaient détendu les jeunes gens.

Madame Oubaseka avait tout de même imposé un repos à Tara. Les visions et les ressentis arrivaient parfois avec violence. Au début, c'était assez déstabilisant.

Michel et Gérard décidèrent d'examiner les restes du colis dans l'espoir de trouver des indices.

Meng, quant à elle, finit de ranger la salle de sport. Cette activité lui laissait tout le loisir de penser, et surtout de s'inquiéter.

Le paquet piégé ne pouvait venir que de l'Ordre de la vipère noire, dont ils avaient découvert l'existence, en Irlande, lors de la première épreuve imposée à Michel et Tara, après leur admission à la Confrérie du Cobra.

Autant la Confrérie cherchait la lumière, autant l'Ordre de la vipère noire représentait le côté sombre, le mensonge et le meurtre.

Il avait été créé par Vath, qu'elle avait cru mort ; Vath, qu'elle considérait comme un frère. Ils avaient été élevés et formés ensemble par Yves Merlin ; Vath, qui, maintenant, s'était dressé contre elle, qui voulait sa mort et celle de Tara et Michel, qui était prêt à tout pour cela.

Sa trahison avait affecté Meng plus qu'elle ne l'aurait voulu. Elle devait pourtant garder la tête froide, elle avait la responsabilité de l'enseignement de ses deux élèves.

Tara et Michel étaient doués, mais surtout, ils avaient un cœur pur qu'avait su reconnaître Yves Merlin.

Son Maître se trompait rarement. Il avait cependant fait fausse route avec Vath, dont il n'avait pas reconnu l'orgueil démesuré et le pouvoir de manipulation. Quand il s'en était aperçu, il était bien trop tard, il lui avait donné une puissance qui était maintenant au service du mal.

Vath avait provoqué son Maître quand il avait compris qu'il ne passerait pas le degré suivant. Il avait été battu dans un combat long et douloureux. On l'avait cru mort.

C'est lors de son combat d'accès à la maîtrise que Meng avait appris que le reclus de la caverne maudite l'avait recueilli et soigné, et surtout qu'il avait continué à former Vath, mais dans le négatif. C'était devenu possible, son nouveau disciple avait la rage au cœur.

Il fallait que Meng soit prudente, elle aussi pourrait tomber dans l'erreur un jour.

Elle avait terminé le rangement et fermé les volets. Elle rejoint Gérard et Michel qui n'avaient pas fini de fouiller le lieu de l'explosion. Les projections s'étaient éparpillées assez loin dans le jardin.

Ils ramassèrent le moindre petit bout de papier et de carton avec une pince à épiler et des gants.

Il y avait peu d'espoir de trouver quelque chose. Mais ils ne pouvaient rien laisser au hasard.

L'examen à la loupe ne donna pas grand-chose. Même les plus petits morceaux étaient en partie brûlés.

Il y avait bien quelques lettres manuscrites, provenant de l'étiquette d'expédition du paquet, mais reconstituer un nom aurait été vain, d'une part parce qu'il pouvait en manquer une partie, d'autre part parce que l'expéditeur n'aurait pas fait l'erreur d'inscrire son vrai patronyme.

La seule découverte d'importance, quoique relative, était un tout petit bout du cachet d'expédition où on pouvait lire : SPA. C'était tout ce qu'ils avaient.

L'engin avait dû être commandé à distance. Une enquête ne donnerait sans doute rien. Trouver des témoins qui auraient pu apercevoir un véhicule suspect s'avérait délicat sans éveiller l'attention.

Gérard se promit cependant de faire un tour près des murs d'enceinte de la propriété. Il proposa d'interroger Kumpiy immédiatement.

Michel alla chercher Tara, dont l'intuition était toujours appréciée.

Elle était plus calme maintenant, et elle se tint informée des découvertes de ses amis.

Madame Oubaseka prépara le gros livre. Elle essayait de limiter ses changements de place. Il devait rester au milieu des autres. C'est pour cela que les réunions se déroulaient dans la bibliothèque.

Kumpiy les avait pourtant accompagnés lors de leur voyage en Irlande. Il avait été une aide très précieuse.

Gérard fut choisi pour l'ouverture.

Mais avant de commencer, il fallait être bien certain des demandes faites au livre magique.

Meng rappela que la tentative d'assassinat confirmait peut-être leur inscription sur une liste de personnes à éliminer. Il était possible que Vath ait voulu en être l'exécuteur.

« Devons-nous attendre qu'il se manifeste, ou essayer de le trouver les premiers ? » dit Meng, et elle ajouta : « tout en n'ignorant pas que c'est peut-être ce qu'il cherche ».

Gérard précisa alors que la question devait être double, car s'ils devaient le chercher, encore fallait-il avoir une piste, un lieu ou une direction.

Il fit le vide dans son esprit, et se mit « en mode réception » comme disait Meng.

Madame Oubaseka avait expliqué qu'il y avait un temps pour l'action, et un temps pour la réception.

« Si vous souhaitez écouter de la musique, vous devez tourner le bouton, ça, c'est l'action.

Vous devrez ensuite écouter, c'est la réception.

Si vous pensez à autre chose, à ce que vous allez faire ensuite, à ce que vous avez fait la veille, avec un minimum de concentration, la musique devient un bruit de fond. Vous ne l'écoutez pas vraiment, donc vous ne l'entendez pas non plus vraiment ».

Elle s'était alors arrêtée, attendant une remarque qui n'avait pas tardé à arriver.

« Mais Maître ! Ne pouvons-nous pas faire deux choses à la fois ? Cela nous arrive souvent ! » Dit Michel surpris.

« Quand nous pensons que nous pouvons faire deux choses à la fois. C'est vrai et c'est faux » leur répondit-elle.

« Nous ne percevons pas l'écart qui existe entre deux pensées, leur vitesse est trop élevée.

Les pensées, les informations se succèdent. Elles ne se sont pas traitées ensemble dans notre cerveau, mais l'une après l'autre. C'est ce que les scientifiques appellent « goulet d'étranglement central ».

Le temps est tellement court entre deux traitements que nous ne le percevons pas.

Si nous reprenons notre exemple précédent, vous pensez à ce que vous avez fait la veille et vous écoutez de la musique, les informations arrivent toutes ensembles, mais passent une à une dans le fameux goulet. À un certain niveau, vous avez fait deux choses à la fois, à un autre, cela a été impossible.

Si vous vous demandez, par exemple, ce que vous devez faire dans une situation donnée, vous faites d'abord des plans, mais vous devez arrêter ce processus.

Ainsi, quand la réponse arrive, elle vient seule, elle est reçue plus rapidement et ne sera pas mêlée à vos propres suppositions. Elle devient nettement visible en tant que réponse, en tant que réception, au lieu d'être noyée dans la masse des pensées d'action ».

Et Gérard reçut la réponse demandée à Kumpiy.

Le dessin de la tête d'un taureau occupait le tiers supérieur de la page de gauche. Sur la page de droite le texte était le suivant :

Voisin conquis
*** Et conquérant***

*** Romains aussi***
*** Et Musulmans***

*** Plus de terres***
*** En dehors***
*** Qu'en dedans***

*** Loin en mer***
*** Trouva or***
*** Mais tourments***

Les quatre amis demeurèrent silencieux quelques minutes. Le « mode réception » devait être maintenu pendant l'interprétation.

Meng prit la parole : « le taureau représente la terre, la fécondité, mais, partout dans le monde, il est le symbole du guerrier ».

Gérard était pensif. « Oui ! Il ramène à l'incarnation, à l'encrage. On dirait bien que le Livre Sacré nous conseille la guerre » dit-il, « à moins qu'il ne nous avertisse de conflits à venir ».

Le texte était mystérieux mais semblait moins ardu qu'ils ne le craignaient.

La première strophe mettait le lecteur sur la piste d'un pays plutôt que d'une ville, un pays voisin, et qui avait été envahi de nombreuses fois.

« Romains aussi » n'apportait pas beaucoup de précisions, mais Musulmans limitait les recherches. Il fallait regarder vers le sud.

Ce pays avait donc été aussi conquérant, qu'il avait été conquis.

« *Plus de terres - En dehors - Qu'en dedans* » semblait indiquer un état installé sur de nombreuses terres. Il fallait penser aux grands colonisateurs.

« *Loin en mer* » rappelait les grandes traversées maritimes si périlleuses pour l'époque.

« *Trouva or mais tourments* » supposait les richesses ramenées, mais aussi les attaques des pirates, les rivalités des conquérants, les difficultés économiques si difficiles à gérer.

On pouvait en déduire que le pays concerné pouvait être l'Espagne, envahie par les Romains, les Suèves, les Vandales et les Wisigoths, puis les Arabo-Berbères.

Grande colonisatrice, l'Espagne avait été en compétition avec différents pays pour la conquête de terres nouvelles.

Elle était célèbre pour ces tourments économiques après la *conquista,* n'ayant pas su prévoir et juguler l'inflation découlant de l'afflux d'or.

L'image du taureau confirmait la piste, mais il fallait être prudent.

« *SPA* va dans le sens de nos conclusions. Tout concorde » s'exclama Michel enthousiaste.

Tara l'était moins : « même si nos déductions sont exactes, le champ de recherche est encore vaste ».

Meng la rassura : « il faut laisser venir les signes. Et puis nous réinterrogerons Kumpiy si nécessaire.

La sonnerie du téléphone retentit. Michel décrocha.

« Oui c'est moi ! Bonjour. Oui, je vous la passe. Au revoir. »

Il tendit le combiné à Meng en chuchotant : « C'est le Grand Maître ! »

Tara la guérisseuse

Quand Meng raccrocha, tous les yeux se tournèrent vers elle. Elle était soucieuse.

« Le Grand Maître de la confrérie nous convoque demain.

Le lieu de rendez-vous nous sera donné plus tard ; un seul impératif : être prêts à onze heures.

Si vous êtes libre, Gérard, vous êtes aussi invité à cette rencontre.

- Je viendrai. Elle ne vous a pas donné le motif de cette convocation ?
- Non ! Rien, sinon que la rapide enquête menée n'a rien donné concernant l'explosion.»

Ce « elle » prononcé par Gérard réveilla les souvenirs de l'admission de Tara et Michel à la Confrérie du Cobra, et la surprise de Michel à ce moment-là.

Le Grand Maître était une femme.

Michel s'était ensuite reproché cet étonnement. Car enfin, se disait-il, nous ne devrions pas nous attendre à ce que la suprématie soit accordée à un homme.

À cette occasion, il avait pu constater comment le formatage de la société avait une prise sur lui à son insu.

Le jeune homme s'en était inquiété auprès de Madame Oubaseka. Mais elle l'avait rassuré.

L'important était d'être conscient de cette programmation pour pouvoir inverser le processus.

« Pour lutter contre quelque chose, il faut déjà savoir qu'il existe, que ce quelque chose soit un ennemi ou une idée implantée en nous » lui avait-elle expliqué. « Beaucoup de gens croient penser, alors qu'ils ne font que se conformer à des modèles. Ils sont pensés. »

Cette phrase avait trotté dans la tête de Michel pendant des jours, et même aujourd'hui, il n'était pas bien certain d'en comprendre toutes les facettes. Il sortit de sa rêverie.

« Ouvrons à nouveau Kumpiy » annonça Tara. « Même si notre destination est effectivement l'Espagne, il nous faut plus de précisions.

Meng n'approuvait pas cette idée.
« Lire trop de textes peut nuire à notre interprétation et nous éloigner de la vérité » lui dit-elle.
« Il faut toujours un temps de repos entre deux questions. Inconsciemment, nous pouvons orienter nos déductions.

Il aurait fallu consulter le livre une deuxième fois, sans avoir commencé l'étude du premier texte, ainsi, nous aurions préservé notre objectivité ».

Elle céda toutefois du terrain.

« Ouvrons-le, mais laissons l'interprétation pour une autre fois. Gardons le texte en mémoire sans nous y attacher, et laissons parler les signes. Nous éviterons ainsi de nous polariser à tort sur un lieu. L'entretien avec le Grand

Maître nous donnera peut-être quelques éléments complémentaires.»

Tara s'empara de Kumpiy et le laissa s'exprimer.

> ***Entre fleuves et mer***
> ***Fait son nid***
> ***Le noble et fier***
> ***Est ami***
>
> ***Des riches pages gardées***
> ***Si blanches sont les treize***
> ***Par signe, voix vont guider***
> ***Dans cœur du chapitre s'apaise.***

Tara et Michel ouvraient des yeux ronds de surprise. Meng avait raison, à trop fouiller, ils finiraient par s'égarer.

Évidemment, ce texte fournissait des indications, mais il ne donnerait sa réelle signification qu'ajouté à d'autres signes.

« Heureusement que nous avions décidé de ne pas chercher à comprendre. Voilà de quoi mettre le cerveau le moins curieux en ébullition » s'exclama Gérard en riant.

« Il est temps pour moi de partir. À demain »

Tara la guérisseuse

Le lendemain, Gérard partit assez tôt de chez lui. D'un commun accord, il avait été décidé qu'il arriverait de bonne heure à la propriété de Madame Oubaseka pour attendre les instructions du Grand Maître.

Ses pensées s'envolaient vers le passé, au temps de son admission à la Confrérie du Cobra avec la broche des scribes.

Il se souvenait de son habileté au combat, de sa force et de ses performances qui avaient fait tant hésiter son Maître. Devait-il porter la broche des guerriers, ou celle des scribes ?

Il se rappelait aussi les passages successifs des quatre premiers degrés, et l'accident qui l'avait bloqué au moment du passage au cinquième. Un confrère en était mort, et il se sentait responsable de la tragédie.

Meng lui répétait, comme l'avait fait avant elle Yves Merlin, que les barrages ne venaient que de lui, que la Confrérie ne demandait qu'à le voir progresser.

Était-il responsable de la susceptibilité d'un confrère qui n'acceptait pas de perdre ? Ce confrère n'aurait jamais dû atteindre le quatrième degré.

Mais Gérard se reprochait de n'avoir pas su garder à l'esprit que l'homme qui l'agressait avait un moment d'égarement. Ce confrère prouvait à tous qu'il n'avait pas sa place au sein de la Confrérie du Cobra, mais peut-être pouvait-il encore se reprendre.

Gérard n'avait pas pu éviter la chute mortelle. Les images, douloureuses et accablantes, revenaient à sa mémoire.

Pourtant, sa formation auprès des Maîtres spirituels lui permettait de comprendre que quelque chose le bloquait dans sa culpabilité, mais il n'arrivait pas à identifier ce quelque chose.

Il se rappelait aussi sa rencontre avec Yves. Elle avait changé sa vie. C'était un Maître accompli plein de sagesse.

Sa mort avait beaucoup affecté Gérard, mais, peu avant son décès, il lui avait laissé la mission de protéger Tara, Michel, et Meng Oubaseka, qu'à ce moment-là, il ne connaissait pas encore.

Quand Yves lui avait demandé d'être son notaire, Gérard était devenu aussi son comparse lors de la mise au point des premières épreuves de l'Initiation de Tara et Michel.

Même s'il s'était tout d'abord insurgé contre les méthodes d'Yves Merlin, il les avait comprises quand il avait pris connaissance du contenu de l'enveloppe rouge qu'il devait remettre à Meng, une fois le parcours terminé.

Madame Oubaseka était la meilleure élève d'Yves. Elle l'avait suivi et servi fidèlement jusqu'à la mort.

L'enveloppe était cachée. Seule Meng savait où. Elle contenait un message qui devait rester secret.

A la mort d'Yves Merlin, Gérard avait tenu ses engagements, mais il se rendait compte, que ce Maître hors du commun avait manœuvré de façon à le ramener au sein de la Confrérie, en même temps qu'il obtenait de l'aide pour ses protégés.

Il ne regrettait rien. Depuis, Tara, Michel, et Meng lui étaient devenus si proches, qu'il les considérait comme faisant partie de sa famille.

Il les avait accompagnés en Irlande, et il les suivrait en Espagne s'il fallait s'y rendre.

Il savait qu'il risquait sa vie à chaque fois, mais celle de ses trois amis était maintenant beaucoup plus importante pour lui, que la sienne.

Il arrivait au grand portail où Michel l'attendait.

« Des nouvelles ? » demanda-t-il.

Michel lui répondit par la négative et l'informa qu'un copieux petit-déjeuner les attendait.

« Meng m'a mis dehors » lui dit-il en riant, « elle m'accuse de dévorer les gâteaux qu'elle confectionne au fur et à mesure de leur sortie du four ».

Gérard éclata de rire. Il connaissait l'appétit pantagruélique de Michel.

« Et c'est faux, j'en suis certain » lui dit-il avec une pointe d'ironie.

Gérard et Michel entrèrent. De délicieuses odeurs de café et de pâtisseries agréablement mêlées accueillirent le visiteur.

« Ah ! Vous voyez ! » Dit Michel, « c'est de la torture »

L'heure du départ approchait, mais ils n'avaient reçu aucune autre information. Ils fermèrent tous les volets et branchèrent le signal d'alarme. Ils s'apprêtaient à sortir quand ils entendirent gratter à la porte.

Michel se précipita et ouvrit. Il entraperçut un chien qui se faufila entre le battant et ses jambes.

L'animal chercha Meng, s'assit devant elle, la tête levée, semblant attendre quelque chose.

« C'est sans doute notre informateur » dit-elle. Un message était caché dans son collier. Le chien attendit une caresse, et retourna sur ses pas.

Quand la porte fut ouverte, il détala comme si on le poursuivait, passa habilement entre deux barres verticales de la grille, puis disparut. Meng lut le message :

« *À 13 heures, basilique est belle.*
Saint Denis cache des Trésors »

Le Grand Maître prenait des précautions. Son nom aussi devait figurer sur une liste de l'Ordre de la vipère noire.

Il leur fallait au moins une heure trente pour rejoindre le point de rendez-vous. Ils pouvaient prendre leur temps. Ils empruntèrent des chemins détournés dans le cas où ils seraient suivis, et maintinrent leur vigilance, même s'ils ne pressentaient pas de menaces particulières et immédiates.

Ils eurent quelques difficultés à se garer, mais finirent par prendre la direction du monument à l'allure de promeneurs en visite.

La basilique était magnifique. Tara regretta de ne pouvoir visiter la nécropole des rois de France.

Ils s'avancèrent vers l'autel et découvrirent sur leur droite le tombeau de Dagobert. On ne pouvait réellement l'approcher et en admirer les détails. En se décalant vers leur gauche, ils purent en avoir une vue d'ensemble, et remarquèrent le gisant du roi couché sur le flanc.

On pouvait apercevoir les autres tombeaux derrière les grilles noires. Le lieu promettait bien des découvertes, et ils projetèrent une visite plus détaillée une autre fois.

Meng se retournait pour s'éloigner du cœur, quand elle se sentit observée. Elle remarqua un homme assis au milieu du premier rang. Elle reconnut un des gardes du corps du Grand Maître.

« Continuez votre visite » dit-elle, « je vous rejoins ».

Gérard aussi avait reconnu l'homme. Il entraîna Tara et Michel dans la petite allée latérale. Ils adoptèrent l'attitude de touristes, s'arrêtant devant les stalles qu'ils longeaient. On ne pouvait, d'ailleurs, qu'être admiratif devant leurs sièges sculptés surmontés de marqueterie de couleur.

Il montra la rosace à Tara et Michel qui apprécièrent sa beauté.

Des vitrines présentaient les ornements royaux restaurés que les souverains portaient pour leurs sacres. Tara imaginait la lourdeur du manteau et celle des autres objets. Elle s'attarda ensuite dans une petite chapelle dédiée aux apparitions de Marie, puis dans celle du Saint Sacrement. Ces lieux étroits respiraient la paix. Nul besoin d'être croyant pour ressentir l'intensité pieuse des prières adressées ici.

Tara était confiante et profitait de sa visite, Gérard admirait les grandes orgues, mais Michel n'abandonnait pas sa surveillance.

Meng n'était-elle pas en danger ? Qui était cet homme ?

Madame Oubaseka était restée debout au deuxième rang près de l'allée centrale, les mains appuyées sur le dossier de la chaise devant elle.

Quelques minutes passèrent, puis l'homme se leva et passa devant Madame Oubaseka.

Le cœur battant, Michel était prêt à bondir, mais l'homme quitta l'église.

Meng attendit un instant, puis se dirigea vers la sortie. Elle marchait lentement, levant parfois la tête vers les hautes voûtes. Elle leur fit un petit signe et ils la rejoignirent.

En sortant de l'édifice, l'horloge de l'ancien hôtel de ville marquait treize heures. Ils s'arrêtèrent devant le portail d'entrée, et Madame Oubaseka, tournant le dos à la place, en profita pour examiner le message que l'homme lui avait remis en passant devant elle.

C'était un plan. Ils le suivirent d'un pas nonchalant pour ne pas éveiller de curiosité. Ils arrivèrent devant la porte d'un immeuble. Meng sonna une fois, tapa deux fois, puis donna un autre coup de sonnette selon les instructions données.

Un homme leur ouvrit, c'était celui rencontré à la basilique. Il les fit entrer rapidement. Quand Michel passa devant lui, il lui sourit et lui dit : « c'est bien d'être méfiant jeune homme. Continuez », et il s'éclipsa.

Tara, Michel, Meng et Gérard étaient debout dans une pièce faiblement éclairée. La lumière du jour entrait par une fenêtre dont le volet était entrebâillé.

Une forme noire s'extirpa brusquement d'un fauteuil et se retourna pour leur faire face.

Photos Youvanie Chhun – Basilique de St Denis

Tara la guérisseuse

« Asseyez-vous chers confrères ». Le Grand Maître avait revêtu sa cape noire, et leur montrait de sa main tendue ouverte, des chaises disposées autour d'une table. Elle prit place avec eux.

Ils retrouvèrent le regard bleu de cette femme qui avait tant impressionné Michel lorsqu'il l'avait vu pour la première fois. C'était un regard empreint de dureté et de chaleur à la fois. Aujourd'hui, de temps en temps, une pointe d'inquiétude assombrissait leur éclat au fil de la conversation.

Elle voulait savoir où ils en étaient de leurs investigations, et s'ils avaient consulté le Livre Sacré. Meng et Gérard lui communiquèrent tous les éléments dont ils disposaient.

Quand ils eurent terminé, il y eut un moment de silence, puis le Grand Maître prit la parole.

« Vous êtes sur la bonne voie. Un des maîtres de la Confrérie a disparu en Espagne. Il s'agit de Pablo Carrera, que vous connaissez Meng, il me semble ».

Madame Oubaseka eut un sursaut en entendant le nom de son ami. Elle acquiesça et ajouta : « il figurait sur la liste que nous avons trouvée en Irlande ».

« En effet ! » répondit le Grand Maître.

Elle se leva, fit quelques pas, puis se rassit.

« Selon la légende » dit-elle, « Kumpiy ne serait pas le seul Livre Sacré. En réalité, il n'y a qu'un livre, mais celui que vous possédez est incomplet.

Par un mécanisme caché dans la tranche, il est possible de rajouter les feuillets manquants.

Pablo possède ou possédait quelques-uns de ces feuillets, treize exactement. C'est sans doute pour cela qu'il était menacé. Nous sommes très inquiets. »

Elle se tut quelques minutes, et le regard bleu se perdit dans le lointain. Puis elle prononça le prénom de chacun de ses interlocuteurs en les regardant intensément : « Tara, Michel, Meng, Gérard, accepteriez-vous la mission d'aller retrouver la trace de Maître Pablo Carrera ? »

Les quatre amis se regardèrent, et Gérard prit la parole :

« Je pense que je peux parler au nom de tous, nous étions prêts à partir en Espagne. Il nous fallait seulement une confirmation de la piste donnée par Kumpiy. Nous l'avons. »

Le Grand Maître ébaucha un sourire. Elle savait qu'elle pouvait compter sur eux. Puis elle prit un air solennel.

« Tara et Michel, toutes les épreuves que vous aurez à subir pour progresser dans la hiérarchie de la Confrérie seront très dangereuses. À chacune des missions, vous risquerez votre vie. La prochaine est claire, retrouver les feuillets manquants »

Les jeunes gens étaient émus et acceptèrent timidement.

« Vous devrez être très prudents tous les quatre. » Reprit-elle. « Cette explosion avait pour but de tuer au moins l'un de vous, mais aussi de vous attirer en Espagne. Vous savez que vous serez des cibles. »

« La dernière fois qu'il a été vu, Pablo se trouvait à la cathédrale de Barcelone. » Reprit-elle. « On l'a vu entrer, il a parlé à un confrère, et lui a remis, comme prévu, la copie falsifiée des feuillets, mais on ne l'a jamais vu ressortir.

Je sais bien qu'il y a foule dans un tel endroit. Il a pu sortir sans que personne ne s'en aperçoive, mais il était attendu à la sortie, et il ne s'est jamais présenté au rendez-vous. Il devait remettre les originaux à une seconde personne.

Le but de l'opération était de relever Pablo de son rôle de gardien des feuillets, tout en brouillant les pistes. »

Meng reçut une enveloppe contenant tous les renseignements concernant Pablo Carrera et sa disparition.

« Voilà l'essentiel, le reste est dans l'enveloppe » dit-elle. « Tous nos confrères, en Espagne, vous apporteront leur soutien »

Meng profita de l'occasion pour lui demander s'ils auraient l'aide de leurs amis cagoulés d'Irlande.

« Je vous jure, Meng, que j'ignore qui ils sont. Ils ont la même formation que nous, c'est certain, et ils utilisent nos méthodes. Ils semblent constituer une sorte de formation d'élite dont je ne connaissais pas l'existence avant votre périple en Irlande. S'il y a bien quelqu'un qui aurait pu créer cette organisation, c'est bien votre Maître, Meng. Lui seul pouvait deviner l'ampleur de la menace.»

Elle joignit alors les mains, et levant les yeux au ciel, elle s'exclama : « Si c'est lui, comme je l'en remercie ! »

Sur le chemin du retour, Meng consulta le contenu de l'enveloppe, puis la passa à Tara et Michel. Elle proposa ensuite à Gérard de le relayer au volant pour qu'il puisse jeter un coup d'œil au dossier avant de rentrer chez lui. Il avait un rendez-vous important à l'étude le lendemain matin et devait préparer cette entrevue.

Madame Oubaseka arrêta la voiture devant l'entrée de la propriété, laissant le moteur tourner pour permettre à Gérard de repartir immédiatement.

Elle eut un arrêt, l'alarme s'était déclenchée. Michel, qui avait la clé, se précipitait déjà pour ouvrir la grille qui n'avait pas subi de dégradation. Tara descendit de voiture. Gérard éteint le contact, et en fit autant.

La porte d'entrée du bâtiment était ouverte, la serrure avait été fracturée. Meng et Michel entrèrent prudemment, précédant Gérard et Tara d'une dizaine de mètres.

Gérard n'eut pas le temps de monter les quelques marches de l'entrée. Des balles sifflèrent à l'intérieur. Il entraîna alors immédiatement Tara et lui demanda de rester cachée.

« Soit raisonnable Tara, si quelqu'un est blessé, nous aurons besoin de toi pour le soigner. C'est toi Tara la guérisseuse non ? » Elle fit un signe affirmatif de la tête, incapable de parler. Une angoisse profonde se lisait dans son regard.

Au moment où il s'approchait de la porte, Gérard entendit un bruit de combat puis un cri. Un individu cagoulé sortit en courant de la maison, kumpiy sous le bras. Profitant de l'effet de surprise, Gérard se jeta sur le voleur alourdi par l'objet. Le gros livre tomba à terre.

Une lutte acharnée s'engagea. Un deuxième individu apparut au-dessus du mur d'enceinte utilisant son pistolet. Gérard se mit à l'abri. Le premier individu s'empara de Kumpiy avant de fuir, mais une fléchette se planta dans son bras. Il l'arracha immédiatement, sachant bien qu'elle contenait un soporifique puissant. Il savait aussi qu'il ne pourrait plus escalader le mur d'enceinte, il courait vers la grille ouverte en serrant le livre contre lui.

Il trébucha et le laissa pourtant tomber. La substance l'affaiblissait déjà. Le deuxième individu avait disparu, pensant sans doute que la partie était gagnée.

Gérard se précipita vers Kumpiy. Le voleur abandonna alors l'objet et utilisa ses dernières forces pour fuir, non sans tirer quelques coups de feu, pour couvrir sa fuite. Le vrombissement d'un moteur confirma que les intrus étaient partis.

Madame Oubaseka, l'épaule sanglante, était appuyée contre la porte. Une sarbacane glissa de sa main, et elle s'écroula au moment où Gérard et Tara arrivaient près d'elle. « D'abord Michel » répétait-elle le souffle court.

Gérard avait récupéré le livre magique. Il le posa à l'intérieur et examina la blessure de Meng. Une balle était logée dans son épaule. Elle répétait qu'il fallait secourir Michel. L'individu l'avait fait basculer de l'escalier.

Gérard, la souleva et l'installa dans un fauteuil à l'intérieur. Tara était déjà auprès de Michel qui gémissait. Ses mains étaient déjà placées au-dessus du plexus solaire du jeune homme, elle essayait de lui donner de l'énergie.

Malgré la souffrance, Meng souriait, Tara apprenait vite. Elle tenta de se connecter à Michel et sentit alors qu'il n'était pas gravement blessé. Elle en fut soulagée. Elle donnait des conseils à Tara tandis que Gérard appelait une ambulance.

« Ne donne pas toute ton énergie Tara. Ici, ce n'est pas nécessaire. Il s'agit de rétablir l'harmonie. Visualise un courant de lumière bleue parcourir son corps de façon à ce que ce corps se prenne en charge. Rappelle-toi de l'image que je t'ai donnée, tout va se remettre en route.

Tara était calme, Elle allait de son Maître, qu'elle écoutait attentivement, à Michel, encore inconscient. Elle mettait en pratique les instructions données, et apprenait, en même temps, à maîtriser ses émotions. Elle essayait de mettre à profit les enseignements de Meng et de Gérard.

Ce mot de « responsabilité » revenait sans cesse, il commençait à s'intégrer en elle. Elle tentait de ne pas lâcher cette compréhension. Car la compréhension pouvait s'installer en vous, puis vous quitter la seconde suivante. Elle devenait alors un simple savoir intellectuel. Et Meng répétait souvent que rien ne valait l'expérience.

Elle se concentrait sur son ressenti. C'était comme si une autre Tara prenait les rênes. Les flux d'énergie qui circulaient entre elle et Michel lui parurent évidents. Sous ses mains, elle pouvait soudain sentir ce corps vibrer à nouveau.

Michel ouvrit les yeux et se souleva difficilement. Il était courbatu mais n'avait rien de cassé, seulement quelques bleus et bosses.

Meng fut conduite à l'hôpital. La blessure, bien que douloureuse, n'était pas grave. Il s'en était tout de même fallu de peu. Elle revint le lendemain même au domicile, mais ne pouvait se servir de son bras.

Cette tentative de vol n'était pas de bon augure. Leurs ennemis possédaient peut-être les feuillets de Pablo. Leur mission en Espagne serait encore plus difficile que prévue.

Elle craignait pour son ami, mais elle ne pouvait s'empêcher de penser qu'il était vivant. Elle le sentait, et cette sensation lui mit du baume au cœur.

L e lendemain de la tentative de vol, quand Tara et Michel rentrèrent, ils furent ravis de retrouver leur Maître à la maison. Gérard devait les rejoindre en fin d'après-midi. Quand il fut arrivé, ils reprirent les éléments du dossier que leur avait transmis le Grand Maître.

Tara avait fait des recherches sur internet. Elle fit remarquer que Barcelone correspondait aux indications données par Kumpiy : « *Entre fleuves et mer* ».

« *Le noble et fier* » devait être Pablo Carrera, et « *Des riches pages gardées* », les feuillets dont il avait la garde.

La suite, en revanche, restait mystérieuse.

Il ne fallait pas s'y attacher. Meng insistait là-dessus.

« Il ne faut pas chercher, il faut trouver » leur disait-elle.

Cette phrase, qu'elle prononçait souvent, avait le don de plonger Tara et Michel dans la stupéfaction.

Meng proposa un départ en fin de mois. Gérard donna son accord. Il bouclerait les affaires en cours et se libérerait pendant cette période.

Tara et Michel aurait rendu les devoirs obligatoires. Il suffirait de prévenir de leur absence et de s'arranger avec des camarades pour les cours indispensables.

Il fallait aussi que Meng récupère toute la souplesse de son bras.

Tara fut réquisitionné pour des soins. C'était ainsi, répondre à la nécessité, tout en continuant sa formation.

Meng invita Michel à suivre cet enseignement. Il s'en étonna : « Je porte la broche des guerriers, cela voudrait-il dire que je ne suis pas dans la bonne voie ? »

« Pas du tout ! » Expliqua Madame Oubaseka. « Chacun des membres de la Confrérie appartient à un groupe particulier. Il y a quatre groupes : les guerriers, les guérisseurs, les scribes et les orateurs. Chacun de ces groupes correspond à un mode de fonctionnement particulier.

Chacun doit ensuite gravir les sept degrés. Au dernier degré, tous doivent avoir acquis la totalité de l'enseignement. Il sera enseigné à un guerrier l'art de la guérison, la communication par l'écrit ou par la parole, en même temps qu'il apprendra à combattre mais de façon plus approfondie.

De même Tara suit les cours de wushu, mais je lui demande moins de combats. »

Michel se demanda alors comment les Maîtres choisissaient une voie pour leurs élèves.

« Nous avons tous un tempérament qui prédomine » lui répondit-elle. « Déterminer le groupe n'est pas réellement choisir une voie. Dans l'absolu, nous suivons tous la même : apprendre, évoluer.

Il s'agit plutôt de reconnaître ce tempérament de façon à guider l'élève au mieux.

En étant ce qu'il est, le disciple a déjà choisi sa voie.

Quand nous augmentons nos connaissances spirituelles, nous nous ouvrons en même temps à d'autres possibilités, qui sont, en quelque sorte, des pouvoirs.

Ces pouvoirs nous échoient parce que nous devenons capables de nous en servir. C'est en même temps une mise à l'épreuve : saurons-nous les utiliser dans un but noble.

Ces forces ont toujours été en nous, mais nous avions besoin de les retrouver. Le chemin que nous empruntons pour cela nous est particulier, mais la totalité de l'enseignement est le même.

Cela ne nous empêche pas de commettre des erreurs, ou de retomber dans la domination de l'ego.

Avec le pouvoir vient la responsabilité. »

Pendant ce temps, Gérard lisait les documents recueillis par Tara. Il interpella soudain ses compagnons.

« La cathédrale de Barcelone abrite treize oies blanches. Treize comme l'âge auquel fut martyrisée Sainte-Eulalie

S*i blanches sont les treize.*

Kumpiy nous donne la première piste à suivre.

« Il y a treize feuillets falsifiés. Ils sont donc blancs puisque les informations qu'ils donnent ne doivent pas être prises en compte. Mais il y a treize oies blanches dans le patio de la cathédrale. C'est près d'elles que nous trouverons une piste. »

Tara la guérisseuse

Michel préparait sa valise. Il emmènerait Kumpiy. C'était ce qui avait été décidé. Le livre n'était pas moins en sécurité avec eux après tout !

Il en profita pour faire du rangement dans son placard qui en avait bien besoin.

Ce désordre énervait Tara. Il ne comprenait pas bien cet agacement, mais quand, comme aujourd'hui, il cherchait tout et ne trouvait rien, il se disait qu'un peu d'ordre avait du bon.

Il rangea son épée soigneusement après l'avoir enroulée dans une couverture épaisse que Meng lui avait donnée.

Il aimait admirer cette arme magnifique qu'il avait gagnée dans son combat contre les serpents géants de sa première initiation.

Une épée avait toujours un nom. Il lui avait donné celui de sa mère : Kateka ! Elle était décédée depuis quelques années maintenant. Un joli nom pour une épée, se disait-il.

En haut, sur la dernière étagère, il tira à lui un petit coffre.

C'est avec émotion qu'il le prit, le posa sur le bureau et regarda à l'intérieur. Il y avait longtemps qu'il ne l'avait ouvert. Cela faisait bien trop mal.

C'était tout ce qui restait, à Michel, de souvenirs matériels de sa mère dont il ne savait rien ou presque.

Kateka ne parlait jamais de son passé. Les questions de Michel, quand il était enfant, semblaient l'agacer, mais en réalité, plus il grandissait, et plus il croyait reconnaître de la peur dans son regard noir.

Il savait qu'elle était cambodgienne comme l'était Meng, et que son père n'avait pas la même origine. Ce qui n'était pas un grand secret, compte tenu de la morphologie de Michel. Il était brun, avait les yeux en amandes, la peau mate, mais là s'arrêtaient les caractéristiques pouvant rappeler l'orient.

Il avait fini par ne plus aborder le sujet, mais il était à l'affût de la moindre petite allusion.

Il fit l'inventaire du coffret : un écrin contenant un petit dragon de jade, un foulard, une bague, une broche, quelques photos et divers objets, sans valeur, sans doute, mais auxquels Michel tenait.

Il reprit la broche. C'était curieux, il ne se rappelait pas de ce détail. Au milieu de quatre lettres, un serpent y était gravé, à demi effacé par l'usure.

A ce moment Tara entra dans la pièce. Elle se bloqua soudain, regardant l'objet avec terreur. « C'est …..C'est la broche que portait l'apparition ! »

À peine revenu de sa surprise, Michel chercha nerveusement dans la boîte, il en tira une enveloppe, en sortit une photo, et la montra à Tara qui reconnut le fantôme.

Elle n'eut pas le temps de demander qui elle était, Michel prit la main de Tara, dévala l'escalier avec elle, et frappa à la porte de la chambre de Meng qui préparait aussi sa valise.

Quand Meng eut répondu, il se précipita à l'intérieur et lui montra la photographie.

« Maître ! L'apparition ….c'est ma mère ! »

Meng était calme. « Et bien ! Je m'en doutais un peu ! » Dit-elle.

« Mais …. » Michel ne termina pas sa phrase. Meng venait de remarquer la broche que Michel avait gardée dans sa main. « Peux-tu me montrer cet objet ? »

Soudain, elle pâlit. « Garde cet objet précieusement » lui dit-elle en posant la broche dans la paume de la main de Michel et en refermant ses doigts.

« Ta mère, ou au moins une de ses connaissances faisait partie de la Confrérie du Cobra » reprit-elle en le regardant intensément.

C'est comme si une avalanche avait englouti Michel.

Mais il ne reconnaissait pas la broche ! Et que voulait dire CCSS ?

« Les broches ont changé il y a cinq ou six ans » lui dit-elle. « CCS5, car il s'agit d'un 5 et non d'un S, signifie : Confrérie du Cobra Scribe cinquième degré.

Michel s'affala sur une chaise complètement assommé. Qu'ignorait-il encore de cette mère si secrète ?

Meng s'approcha de lui. Elle comprenait le désarroi de ce garçon. « Regarde-moi Michel ! Je te promets que nous t'aiderons à éclaircir ce mystère, mais il n'est pas encore temps. »

Les quatre amis arrivèrent à Barcelone. Kumpiy était du voyage, et l'inquiétude aussi.

Tara et Michel avaient toujours des difficultés à « laisser venir », comme disait Meng, surtout Tara qui avait la fâcheuse habitude de vouloir tout programmer.

Partir en sachant qu'il faudrait s'adapter à un signe, à un message codé, à un rendez-vous inattendu, et parfois ignorer ce que l'on ferait dans la demi-heure suivante, c'était l'aventure certes, mais c'est aussi parfois très fatigant.

En sortant de l'aéroport, la chaleur les surprit. Il venait de quitter un temps maussade et frais.

Les palmiers donnaient un brin d'exotisme à leur voyage. Les perroquets remplaçaient, en nombre, les moineaux dont ils avaient l'habitude.

Un calme bénéfique les envahit chassant leurs tourments.

Ils avaient choisi un petit hôtel modeste donnant sur une rue assez large et fréquentée. Il fallait éviter les établissements sur les ruelles en retrait.

Par mesure de prudence, ils avaient demandé une chambre à quatre. Rester groupés leur assurait une meilleure sécurité.

La chambre était simplement aménagée avec les lits, une table, deux chaises, et une grande armoire. Elle disposait d'une salle de bain attenante. Peu leur importait le confort. Ils ne seraient pas souvent à l'intérieur.

Après avoir posé leurs valises, ils partirent en promenade sur le port de plaisance. De beaux et grands bateaux y étaient amarrés. Le bras tendu de la statue de Christophe Colomb montrait la mer, et Tara faisait, en rêve, des traversées fantastiques.

Michel pointa du doigt le petit point rouge du téléphérique reliant *Barceloneta* au *Montjuic*. Il aurait bien voulu le prendre pour admirer la ville et la mer selon un autre point de vue.

Le temps était superbe, et ils en profitèrent. Une brise douce tempérait la chaleur. Ils avaient l'impression de retrouver l'été. Ils savouraient un peu de quiétude.

« Elle ne saurait durer ! » pensait Tara.

Mais elle dura encore. Ils dînèrent tranquillement, et se permirent même une ballade sur *la rambla* dans la douceur de la nuit.

La foule y était compacte, mais elle était aussi sereine, et ils ne se sentirent pas menacés.

Photos Youvanie Chhun – Christophe Colomb

Tara la guérisseuse

Ils se rendirent à la cathédrale dès le lendemain et la visitèrent avec plaisir.

Elle était vraiment très belle, avec ses tours octogonales, ses gargouilles, et son portail gothique sculpté.

À l'intérieur, les vitraux, les sculptures, les chapelles latérales, chacune séparée par un portail fermé, et toutes ornées de motifs dorés, tout vous arrêtait, et il était difficile de tout comprendre tant les détails étaient nombreux. Tout vous racontait, en images, de belles histoires que vous étiez libre de croire.

Une partie de l'édifice était en travaux, et ils ne purent goûter au calme bienfaisant que les monuments religieux anciens savent vous apporter, que vous soyez croyant ou pas.

Dans le patio planté de palmiers et de magnolias, les treize oies profitaient d'un bassin de pierre décoré de sculptures.

Nullement dérangées par les nombreux visiteurs dont elles avaient apparemment l'habitude, elles ignoraient passivement les photographes.

Après examen minutieux des lieux, Tara, Michel, Meng et Gérard ne virent aucun signe qui les eut menés vers une piste valable. Mais la promenade avait été bien agréable.

La végétation ondulante sous la brise, les colonnes majestueuses de la cathédrale, le chant de l'eau des fontaines, et les oies gardiennes vous incitaient à la sérénité, et vous oubliiez la foule, qui comme vous, goûtait un moment de paix.

Un groupe important de touristes arrivait. Michel sortit le premier, suivi de Gérard.

On quittait cet endroit avec regret. Meng et Tara s'attardèrent un instant devant la fontaine où trônait Saint Georges. La fraîcheur de ce lieu était apaisante malgré les entrées et sorties incessantes.

Le groupe s'était arrêté près d'elles, donnant aux deux femmes, maintenant à l'étroit, le signal du départ.

Elles s'éloignaient lentement et écoutaient les explications du guide d'une oreille distraite :

« Avant d'aller admirer le cœur de la cathédrale où se réunit le chapitre de la toison d'or en 1519 sur demande de Charles Quint, nous … ».

Tara et Meng se regardèrent, elles n'entendaient plus rien.
« Si blanches sont les treize, par signe, voix vont guider, dans cœur du chapitre s'apaise. » Voilà le signe !

Elles rejoignirent Gérard et Michel qui ne comprenaient pas leur air joyeux.

Kumpiy le Livre Sacré

Photos Youvanie Chhun – Cathédrale de Barcelone

Tara la guérisseuse

L'explication étant donnée, ils se dirigèrent, tous les quatre vers le cœur, payèrent leurs entrées, et s'introduisirent religieusement dans l'espace qui avait accueilli tant de nobles visiteurs.

Tara imaginait Charles Quint au milieu de l'assemblée des cinquante et un chevaliers de la Toison d'or, dont les blasons ornaient les stalles de bois sculpté.

Le lieu était sombre, mais vous donnait la sensation de côtoyer la lumière. Il rappelait la gloire de l'empereur, tout en vous paraissant intime. Le mot chevalier résonnait du bruit des batailles, mais vous étiez plongé dans un calme bienfaisant. C'était magnifique.

Tara était tellement émerveillée qu'elle en avait oublié sa vigilance. Elle n'avait pas vu entrer l'homme qui se trouvait maintenant près de Meng.

Michel et Gérard veillaient discrètement, prêts à intervenir.

L'interlocuteur de Meng était grand et mince. Il émanait de lui une grande force, une force intérieure. Tout de noir vêtu, il portait un chapeau légèrement abaissé sur son visage, de façon à en cacher une partie.

Tara ne put en voir davantage, mais cette allure digne et fière lui rappelait, elle ne savait pourquoi, les moments étourdissants de sa fuite du château de Maynooth, lors de leurs dernières aventures en Irlande.

Il parlait à voix basse comme il se doit dans un tel lieu, montrait les armoiries, et semblait donner des explications en se penchant toujours légèrement en avant, de manière à protéger son identité.

Meng écoutait attentivement, hochait la tête de temps en temps, suivant des yeux les gestes de l'inconnu, montrant parfois, elle aussi, un objet, simulant ainsi une conversation culturelle.

Puis l'homme salua Madame Oubaseka et traversa l'allée centrale pour admirer les autres écussons. Il s'arrêtait devant chacun d'eux avec intérêt.

Meng continua sa visite un instant et prit le chemin de la sortie. Tara, Gérard et Michel la suivirent.

« Maître » chuchota Michel « C'était notre signe ? »

Meng lui répondit rapidement « Oui ! Nous l'avons. Allons boire un verre ».

Photos Youvanie Chhun – Cathédrale de Barcelone

Tara la guérisseuse

Délaissant la terrasse trop exposée, ils s'attablèrent à l'intérieur d'un café. Ils choisirent le coin le plus isolé, commandèrent des boissons fraîches, et patientèrent, le temps d'être servis, pour entamer la conversation que Tara et Michel attendaient. Gérard aussi brûlait d'en savoir davantage.

« Pablo Carrera est vivant ». Expliqua-t-elle avec un soupir de soulagement. « Il se cache, mais il faut craindre pour sa vie. Il souhaite nous remettre les feuillets originaux qui sont toujours en sa possession.

Tara était perplexe « Pourquoi ne les a-t-il pas donnés le jour prévu ? »

Meng continua : « Pour le moment, notre informateur semble l'ignorer, il n'a que des rapports très sommaires avec Pablo. C'est d'ailleurs plus prudent pour tout le monde. Peut-être a-t-il craint une attaque, peut-être était-il, aussi, attendu par nos ennemis. Le point de rendez-vous nous sera transmis prochainement ».

Michel s'inquiétait. Et si l'inconnu de la cathédrale était un membre de l'Ordre de la vipère noire ?

Madame Oubaseka leur indiqua alors qu'il était aussi en Irlande, au milieu du commando qui les avait aidés. Il lui avait semblé le reconnaître, sans savoir comment exactement ; peut-être la voix, plutôt le regard qu'elle avait entraperçu.

Meng appelait les inconnus qui faisaient partie de ce commando, « nos amis cagoulés d'Irlande ». L'expression amusait beaucoup Michel.

Ils se rappelaient tous les quatre de leur dernier voyage, et avec effroi, de la réunion de l'Ordre de la vipère noire.

Michel revoyait le combat qu'il avait livré contre le créateur diabolique de l'Ordre, et qui avait bien failli lui coûter la vie. Les hommes masqués étaient intervenus efficacement, et il avait pu se sortir de ce mauvais pas.

Nul ne savait qui ils étaient. Même le Grand Maître avait confirmé son ignorance. La simulait-elle ?

Meng, Gérard, Tara et Michel avaient renoncé à comprendre, ils ne voyaient qu'une chose : ils étaient de leur côté. Ces inconnus étaient bien entraînés, et travaillaient dans l'ombre, certes, mais sur le terrain.

Meng avait confiance en l'homme rencontré à la cathédrale, mais il fallait tout de même être prudent, et elle proposa de consulter Kumpiy.

La question devait porter sur le lieu de la rencontre pour éviter les pièges.

Il fut décidé que Michel ouvrirait le livre, puisque de sa place, il avait une vue générale sur la salle où ils se trouvaient, et que Tara prendrait rapidement des notes, de façon à laisser le gros volume sur la table un minimum de temps.

Michel sortit rapidement Kumpiy de son sac à dos, et s'empressa de le consulter.

Le dessin d'une épée ornait la page de gauche. Sur la page de droite, le message de Kumpiy était étrange.

Comte Guifré est en terre
Si pieux et bon monastère

Lieu de silence plein de chants
Est à la ville, était aux champs

École un jour, soldats demain
A oublié bénédictins

Tara recopia très rapidement, et vérifia l'orthographe du nom Guifré qui lui était totalement inconnu. Heureusement le message était bref.

« L'image de cette épée ne me dit rien de bon » dit Gérard avec une grimace. « Une lutte nous attend dans ce lieu ».

Tara déclara qu'elle ferait des recherches sur internet dès leur retour à l'hôtel. Il fallait aussi consulter le dossier qu'elle y avait laissé.

Avant de rentrer, Michel proposa une visite dans le vieux quartier si pittoresque, et tous acceptèrent tant le bref aperçu qu'ils en avaient eu leur avait été agréable.

« Après tout » ajouta Meng, « nous devons avoir l'air de touristes ».

Les ruelles étroites parcourues par des milliers de visiteurs, gardaient tout leur charme.

Partout des sculptures, des gargouilles, des fontaines, des fenêtres et des balcons ornés, et la si jolie « carrer del bisbe », toujours grouillante de monde, et agréablement animée par des musiciens.

Pendant la promenade, Tara, avec son imagination toujours fertile, transposait les lieux dans ce lointain moyen âge, voyageait dans le temps aussi rapidement qu'elle aurait plongé dans d'autres lieux en appuyant simplement sur le bouton de son poste de télévision.

Michel s'en étonnait toujours, mais Madame Oubaseka lui rappelait souvent, que c'était justement cette qualité-là qui lui permettait de parfaire si rapidement son pouvoir de visualisation, c'était aussi grâce à cela qu'elle parviendrait à soigner.

« L'imagination précède la création » lui disait-elle, « on donne trop souvent un sens péjoratif à ce mot ».

Michel tentait alors de comprendre toutes les nuances de ces paroles, parvenait à en percevoir, dans un fugitif éclair, certaines implications, s'observait attentivement pour saisir la seconde où l'imagination interviendrait en lui, mais l'instant était si bref qu'il lui échappait toujours.

Meng riait de ses tracas : « tant que tu tenteras de l'attraper, l'imagination ne sera qu'un savon qui glisse entre tes mains mouillées. »

Et quand Michel demandait ce qu'était l'imagination, Madame Oubaseka avait toujours des réponses qui suscitaient encore plus de questions.

« Elle est un souffle auquel il faut ouvrir la porte.
Laisser ce souffle dehors, c'est s'accrocher à la terre et s'y noyer.
Le laisser tout envahir, c'est perdre le contact avec la réalité de cette incarnation.
La vie que nous vivons est une illusion, elle est le fruit d'une imagination, mais c'est aussi la réalité qui nous occupe au moment présent ».

C'était ce genre d'explications qui laissait Michel mâchoire tombante, et que Meng lui recommandait de laisser de côté jusqu'à expérimentation.

Ils arrivaient devant l'hôtel.

Tara la guérisseuse

Kumpiy le Livre Sacré

Photos Youvanie Chhun – Barcelone - Vielle ville

Tara la guérisseuse

Ils s'approchaient tous les quatre de l'ascenseur quand l'agent d'accueil interpella Meng.

« Madame Oubaseka ! Un de vos amis vous attend ! » Il lui montrait en même temps la direction d'une salle attenante à l'entrée.

Meng se dirigea alors vers un homme, confortablement assis dans un fauteuil, et qui lisait un journal.

Elle ne le connaissait pas, et Gérard, Tara et Michel l'accompagnèrent.

L'inconnu se leva à leur approche et leur serra chaleureusement les mains en se présentant : « Luis Portal ».

Ce nom indiqua immédiatement aux quatre amis qu'il s'agissait du confrère qui devait récupérer les feuillets originaux du Livre Sacré, mais qui n'avait jamais revu Pablo.

Gérard proposa d'aller boire un café ensemble au bar de l'hôtel. Luis expliqua les circonstances du rendez-vous manqué, les assura de son aide en cas de besoin, et leur laissa sa carte.

Pendant tout l'entretien, Michel ne se sentait pas à l'aise, et les paroles du garde du corps du Grand Maître revenaient sans cesse à son esprit : « c'est bien d'être méfiant jeune homme. Continuez ».

L'homme se leva pour les quitter en leur souhaitant bonne chance, et leur demanda s'ils avaient emporté Kumpiy.

Michel répondit aussitôt : « non, il est dans un coffre-fort dans une banque. Ce livre est vraiment trop convoité ».

Meng eut un mouvement de surprise et se reprit : « la dernière tentative de vol nous a échaudés » dit-elle.

Ils se quittèrent dans de grandes poignées de mains.

Tara demanda la clé wifi à la réception de l'hôtel, et ils rejoignirent leur chambre.

« Excusez-moi » déclara Michel. « Je ne le sens pas, c'est peut-être mon imagination » rajouta-il en regardant Madame Oubaseka d'un air entendu.

Gérard lui fit remarquer qu'il n'était pas à l'aise non plus, mais qu'il avait mis cela sur le compte de la pression qu'ils subissaient tous en ce moment. De plus, il lui semblait connaître cet homme. C'était pourtant peu probable.

Après vérification, la photo de Luis Portal, jointe au dossier, était bien celle de l'homme rencontré.

Meng rassura Michel « Ta prudence n'est sans doute pas inutile, soyons sur nos gardes. Quelque chose n'est pas clair, mais je ne saurais dire quoi ».

Après tout, Pablo Carrera doutait-il peut-être de Luis ?

Assise devant son ordinateur portable posé sur la petite table de la chambre, Tara cherchait les éléments qui pourraient leur permettre la résolution de l'énigme de Kumpiy. Elle prenait des notes. Michel lisait aussi, debout derrière elle.

Guifré était le comte de Barcelone, mais on pouvait le relier à plusieurs monastères.

Celui qu'ils recherchaient avait, certainement changé de fonction au fil du temps, et « *Est à la ville, était aux champs»* laissait penser qu'il se trouvait dans la ville, mais qu'il n'en avait pas toujours été ainsi. La ville s'était étendue, cela pouvait être une explication.

Tara fit une autre recherche avec les mots : « monastère », « Barcelone », « aux champs ».

La solution devint limpide : Sant Pau del camp. C'était un petit monastère bénédictin, qui avait été, au fil du temps, école, hôpital, caserne militaire, et dont on savait peu de chose concernant sa création.

La pierre funéraire de Guifré II (ou Wilfred II) y avait été découverte.

« Mais ! Ce n'est pas très loin d'ici » déclara Michel.

« Allons-y immédiatement. Il y a une photo. Regardez ! C'est vraiment joli !».

Tara était d'accord. « C'est dans *le raval*, » dit-elle « raval est un mot d'origine arabe qui signifie à l'extérieur des murailles. Nous sommes sur la bonne voie ».

Les quatre amis furent vite prêts. Ils prirent d'abord un bus, empruntèrent la rue *San Pau* et aperçurent le clocher.

Le monastère dénotait au milieu des constructions modernes, mais il n'avait rien de choquant. Il attirait l'œil et semblait vous convier à venir le rencontrer.

Tel un témoin discret de l'histoire, il paraissait attendre qu'un visiteur curieux réveille les combats, les guerres, les prises de pouvoir et les désertions, les chants liturgiques et le bruit des épées, l'émotion des prières silencieuses et le hurlement furieux des combattants.

En arrivant, cette idée s'en allait pour faire place à une paix reposante. Le recueillement devenait naturel.

La bâtisse et le jardin étaient séparés de la rue par un muret surmonté d'une grille peu élevée.

En arrivant, Tara, Meng, Michel et Gérard firent le tour de la bâtisse, et profitèrent un instant du jardin et de ses arbres, dont la cime était animée par une brise douce.

Malheureusement, ils ne s'y attardèrent pas. Ils devenaient des cibles faciles.

On entrait par le cloître. En passant, ils purent admirer la porte de l'église, avec ses deux colonnes, ses images religieuses, les signes sculptés de bénédiction, et les représentations symboliques des apôtres.

En cette période de l'année, il y avait peu de visiteurs.

À l'intérieur, les murs épais vous isolaient presque totalement des bruits de la ville.

Une paix bénéfique s'installait en vous, et le temps semblait s'être brusquement arrêté.

Le petit, mais merveilleux cloître, vous retenait dans son ombre fraîche. En se penchant, les visiteurs pouvaient apercevoir le clocher inondé de soleil, et le ciel, espace bleu ouvert sur l'immensité.

Les arcs polylobés, les colonnes jumelles aux chapitres sculptés, donnaient cette fine touche de délicatesse qui savait vous élever vers le beau, et qui, alliée au silence, vous amenait à l'intérieur de vous-même.

Du cloître, on avait accès à l'église à trois absides, aux murs dépouillés, mais au sol couvert de mosaïques.

Tara, Michel, Meng et Gérard goûtèrent ces moments de quiétude avec délice.

En sortant de l'église, et passant devant la statue de San Pau, ils croisèrent un vieillard appuyé sur une canne.

Une poigne de fer saisit soudain Meng à l'avant-bras.

Tara la guérisseuse

Photos Youvanie Chhun – Barcelone – Monastère Sant Pau del camp

Tara la guérisseuse

Gérard, Tara et Michel, qui suivait Madame Oubaseka de quelques pas, s'étaient soudain figés, mais ils étaient prêts à intervenir. L'individu rapprocha son visage de celui de Meng.

« Retournons dans l'église » dit l'inconnu.

Meng allait prononcer un mot, mais s'arrêta brusquement. Elle obtempéra avec une lueur de joie dans le regard.

Ils s'assirent sur les bancs. À partir du cinquième rang, un éventuel visiteur ne les voyait pas directement.

« Pablo ! Quelle joie de te voir ! » Chuchota Meng à voix basse.
« Je suis heureux de te voir aussi, et de connaître tes amis » dit-il en souriant.
« La partie va être rude. Ils veulent les feuillets, mais ils veulent aussi notre mort.

Je n'ai évidemment pas les pages de Kumpiy sur moi. Elles sont cachées dans mon laboratoire secret, dans une petite rue pas loin d'ici.

Dès que je vous les aurai remises, je fuirai loin d'ici.

Je crains pour vous. L'avenir de la Confrérie est compromis ».

Des bruits de pas se firent entendre. Pablo se leva et rejoint l'allée centrale pour ne pas attirer l'attention.

Avant de s'éloigner, il leur dit à voix basse : « sauvez les feuillets, ils contiennent l'antidote ».

Il fit quelques pas et se retourna : « s'il m'arrivait quelque chose, rappelez-vous, ne vous séparez pas du livre, sur la voie du cœur, suivez la chaussure, comptez trois, puis... ».

Il se tut en apercevant un visiteur. Il avançait maintenant avec la démarche claudicante d'un vieillard fatigué, s'arrêtant parfois pour regarder la voûte.

Tara, Michel, Meng et Gérard étaient complètement assommés. Antidote ! Suivez la chaussure ! Pablo était-il devenu fou ?

Ils attendirent qu'il soit sorti et se levèrent aussi, en marchant d'un pas nonchalant pour être certains qu'ils ne rattraperaient pas leur ami.

Michel fit remarquer un vitrail avec une épée qu'un rayon de soleil éclairait. « Soyons sur nos gardes » fit-il en fronçant les sourcils.

Ils s'avancèrent vers la sortie et virent Pablo remonter la rue *San Pau*.

La rue étroite ne comportait pas de véritable trottoir et Pablo longeait la clôture du monastère. Il arriverait bientôt au niveau d'un jardin d'enfant et disparaîtrait de leur vue.

Soudain une voiture roulant à vive allure s'arrêta près de Pablo dans un crissement de pneus.

Un homme en sortit, le saisit par le bras, et tenta de le pousser à l'intérieur du véhicule.

Pablo laissa tomber sa canne, d'un mouvement rapide et adroit, sortit littéralement de sa veste, laissant son vêtement à son agresseur tout penaud.

Le vieillard devint subitement un combattant redoutable avec une maîtrise parfaite du wushu. Il avait récupéré sa canne et s'en servait avec talent.

Deux autres hommes étaient sortis de la voiture pour aider le premier. Pablo avait peu de chance de leur échapper.

En quelques secondes les quatre amis furent prêts de lui pour lui prêter main-forte. Les kidnappeurs ne purent que s'enfuir.

Pablo leur lança un « gracias amigos » rieur et traversa la rue. Dans un bond prodigieux il sauta sur le balcon d'un immeuble, s'accrocha à la gouttière. En quelques minutes il fut sur le toit et disparut.

« C'est un vieillard, un confrère, ou un singe » Demanda Michel ébahi.

Mais un enfant montrait le toit en criant. « Es Superman ! Es Superman ! » Déclenchant le fou rire des quatre amis.

L'événement avait créé un attroupement, et ils s'éclipsèrent.

Tara la guérisseuse

Photos Youvanie Chhun – Barcelone – Monastère Sant Pau del camp

Tara la guérisseuse

De retour à l'hôtel, Ils essayèrent de retrouver leur calme. Ils devaient bien reconnaître que leur dernière promenade avait révélé plus de mystères qu'elle n'en avait résolus.

Tara, Michel et Gérard se posaient des questions. Pablo les intriguait. Quel âge avait-il vraiment ?

Meng essaya de brosser un tableau du personnage.

Pablo avait l'âge de Meng. Ils étaient arrivés ensemble au septième degré.

Ils s'étaient connus en Asie, où Pablo était venu parfaire certaines techniques de combat. Son Maître l'avait envoyé auprès d'Yves Merlin.

Meng avait expliqué que les échanges de ce genre se faisaient fréquemment, à partir du cinquième degré, et surtout au sixième.

Pablo avait laissé un souvenir amusé à tous les élèves tant il était drôle. Il se contorsionnait comme personne. C'était en plus un professionnel du maquillage et du déguisement. « Apparemment, il l'est resté » dit Meng d'un ton léger.

« Son véritable métier est beaucoup plus sérieux » continua-t-elle. « Il était médecin mais il se consacre désormais à la recherche médicale. ».

« Quelle broche portait-il avant celle des maîtres ? » demanda Tara.

« Celle des orateurs » répondit Madame Oubaseka. « Il a beaucoup enseigné. Lorsque j'ai bénéficié du même échange que Pablo, je l'ai rejoint en France où il donnait une série de conférences. C'était passionnant. Vous l'auriez écouté pendant des heures. »

Meng redevint songeuse. « Si la Confrérie utilise ses services dans le domaine de la recherche, c'est que quelque chose de grave se prépare ».

« Il faut peut-être trouver le laboratoire de Pablo » proposa Tara.

« Il le faudra à un moment ou à un autre, je le crains, mais il est dangereux d'attirer l'attention sur ce laboratoire ». Dit Meng. « Il y a encore un mystère là-dessous. Pourquoi un laboratoire secret ! Les recherches de Pablo doivent avoir une importance capitale. N'allons pas compromettre son travail. Attendons le bon moment ».

« Laissons venir les signes ! » dit Michel « J'ai un énorme creux là » ajouta-t-il en montrant son estomac.

« Allons-nous restaurer » lui répondit Madame Oubaseka.

« Quoique nous fassions, nous ne serons en sécurité nulle part. Nous sommes surveillés, c'est évident. Autant mêler des activités banales aux activités de recherche. Cela brouillera les pistes » ajouta Gérard.

Ils s'installèrent à l'intérieur d'un restaurant. Michel dégusta une excellente paella alors que Tara, Meng et Gérard avaient choisi quelque chose de plus léger.

Leur répit fut de courte durée. Un homme se dirigeait délibérément vers eux. Son entrée n'avait pas attiré l'attention, les mouvements étant nombreux dans le restaurant. Son pas devint vif et décidé, puis, soudain, précipité.

Devinant une menace, Gérard se leva aussitôt et fit un pas vers l'homme pour lui barrer le chemin.

L'inconnu l'écarta brutalement. Il fonça alors, droit sur Michel qui était plus accessible, le piqua avec quelque chose dans l'épaule, et tenta de s'enfuir.

Gérard l'avait déjà saisi et, avec une force incroyable, l'avait rejeté en arrière, mais il était trop tard. Il s'agissait d'une seringue, et le produit qu'elle contenait avait été injecté.

L'inconnu qui s'était aplati sur le mur et avait glissé à terre, se releva d'un bond avec une rapidité étonnante. Il courut vers la sortie, bousculant les tables, semant la panique autour de lui.

Gérard le poursuivit. Il eut le temps de le voir tourner dans une petite rue. Il augmenta sa vitesse, le rattrapa et le plaqua contre le mur.

« Que contenait cette seringue ? » Questionna Gérard.

« Il est trop tard » répondit l'homme, « c'était lui ou la fille ! »

Gérard l'empoigna à la gorge et commença à serrer. « Que contenait cette seringue ? » répéta-il.

Mais le canon d'une arme se posa sur sa tempe. Un complice de l'agresseur était arrivé. Une voiture s'arrêta alors auprès d'eux.

L'homme se dégagea en se frottant le cou. En entrant dans la voiture, il dit à Gérard : « Il n'a plus que dix heures à vivre. Ta fin sera plus douce ».

Encore quelques secondes, et l'homme qui le menaçait appuierait sur la détente. Gérard se préparait à mourir.

Soudain une sirène de voiture de police se fit entendre.

Gérard profita du moment de surprise pour se libérer du malfrat. L'arme tomba à terre, et l'homme tenta de la récupérer.

« Laisse tomber ! Monte ! Vite ! » Entendit-il. Ils s'engouffrèrent tous dans la voiture qui fila à toute allure.

À son grand étonnement. Aucune voiture de police n'arrivait.

Il rebroussait chemin quand il entendit un léger bruit. Quelqu'un était caché derrière une grande poubelle.

Gérard était sur ses gardes. Il s'avança prudemment et se rua derrière le container. Il y découvrit un petit garçon effrayé. Il l'interpella en Espagnol.

« Je ne te veux aucun mal. Comment t'appelles-tu ? »

L'enfant le regarda et lui sourit. « Miguel » répondit-il. « C'est un signe pensa Gérard ».

Puis l'enfant lui montra une boîte. « Regarde ! Je l'ai acheté avec mes sous. Mais papa a dit qu'il faut la jeter parce que ça fait le bruit de la police ».

Gérard le souleva. « Et bien aujourd'hui, tu as bien fait de t'en servir. Je ne dirai rien à ton père. »

Il plaqua deux gros baisers sur ses joues rebondies, et lui donna un billet. « Jette cette boîte » lui dit-il, « et achète-toi autre chose ».

L'enfant était ravi. « Je savais bien que c'était toi le gentil comme dans les films. Je peux m'acheter une glace ?

« Tout ce que tu veux » lui répondit Gérard, et il se précipita pour rejoindre ses amis.

La situation était grave. Il pensa à Pablo. Il avait parlé d'un antidote.

Dix heures c'était court. Il n'y avait pas de temps à perdre. Les mots de l'agresseur revenaient sans cesse. « *Ta fin sera plus douce »* avait-il dit. Cela impliquait non seulement la mort, mais la souffrance.

Meng avait proposé d'attendre le bon moment ! Et bien ce moment était arrivé. Il fallait retrouver le laboratoire secret de Pablo.

Gérard retourna au restaurant. Ses amis n'y étaient plus. Le serveur l'informa de leur départ pour l'hôtel.

« Le jeune homme ne se sentait pas très bien » lui dit-il. « La dame vous demande de les rejoindre »

Arrivé à l'hôtel, Gérard leur expliqua qu'il n'avait pas vraiment réussi à savoir de quoi il s'agissait, mais c'était sans doute un poison.

Il ne parla pas du temps qu'il faudrait à ce poison pour tuer Michel. Les effrayer n'aurait servi à rien. Pour se sortir d'une situation, mieux valait être optimiste, et la situation n'engageait pas à l'être.

Michel était allongé mais gardait encore toute sa clarté d'esprit. Meng lui expliqua qu'il fallait éviter de bouger pour ne pas accélérer le processus.

« Demandons à Kumpiy » leur dit-il. « Pablo a parlé d'antidote, de chaussure, et je ne sais plus quoi d'autre encore. Mais la réponse est dans les feuillets, donc dans le laboratoire. »

Gérard et Meng étaient d'accord. Il fallait interroger le livre. S'il leur donnait une piste, il faudrait trouver un moyen de sortir discrètement.

Comme Michel ne pourrait pas les suivre, quelqu'un resterait pour le soigner et pour le protéger.

Il fut entendu que ceux qui partiraient seraient désignés après la consultation du livre.

Tara sortit Kumpiy du sac à dos. Elle prépara de quoi écrire, se concentra, et le laissa donner sa réponse.

Tout près Monastère
Voie du cœur
Est pavée

Et deux fois sous terre
Guérisseur
A gagné

Mais ne pourra faire
Si labeur
N'a pas clé

« *Tout près monastère* dit Tara. *Voie du cœur, voie* avec un e .. Voyons ! La route du cœur, je ne vois pas ».

Meng rectifia : « *Voie du cœur est pavée*, c'est peut-être le nom d'une rue, une rue proche du monastère a dit Pablo ».

Tara chercha sur internet, trouva « une rue du Sacré-Cœur », mais elle était loin du monastère, puis une « impasse du cœur » qui en était proche.

« On ne sait pas si elle est pavée » s'inquiéta Tara.

« Nous n'avons pas vraiment le choix » lui répondit Gérard. « Allons-y, nous verrons bien ».

« *Guérisseur a gagné* impose aussi la présence de Tara sur les lieux » ajouta-t-il.

Meng acquiesça : « Cela implique donc aussi la mienne auprès de Michel puisque je devrai peut-être le soigner. Les dés sont jetés ».

La troisième strophe rappelait la nécessité de découvrir la formule. Ils aviseraient sur place. Le temps pressait.

Michel s'était assoupi, mais son visage livide inquiétait ses amis.

« Change-toi Tara » déclara Gérard, « à la nuit tombée, nous passerons par la fenêtre »

Tara, qui avait le vertige, en eut un haut-le-cœur.

Mais elle avait encore plus peur de perdre Michel que du vide. Vivre sans lui, ce n'était plus vivre.

Elle aurait aimé rester pour le soigner, mais Kumpiy avait tranché. Elle revoyait les formes de l'apparition dont elle connaissait maintenant l'identité, elle entendait ses mots, elle savait que c'était elle qui devait trouver l'antidote.

Tara la guérisseuse

Gérard et Tara étaient prêts. Il fallait attendre l'obscurité complète. Ils ne pourraient pas sortir par la fenêtre, trop visible, donnant sur la rue éclairée.

Gérard avait inspecté l'immeuble. Leur chambre se trouvait au quatrième étage.

Au troisième étage, il y avait des travaux. Une des fenêtres du couloir donnait sur la façade arrière. La gouttière était accessible. Pablo leur avait montré l'exemple.

Mais Tara ne pourrait pas faire cet exercice. Le manque d'entraînement associé au vertige aurait raison de son équilibre. Une seule solution : Les draps.

Gérard vida le sac qui lui avait servi de bagage, y rangea les draps de leurs lits qu'il avait noués.

Il prépara ensuite le sac à dos de Michel. Pablo avait recommandé de ne pas se séparer de Kumpiy. Il le plaça à l'intérieur, ajouta une sarbacane et des fléchettes contenant un soporifique.

Meng s'absenterait quelques minutes du chevet de Michel qui commençait à avoir de la fièvre.

Heureusement, il y avait peu de monde dans l'hôtel à cette période de l'année, en semaine de surcroît.

Il fallait faire vite de façon à éviter d'éventuelles rencontres.

Gérard passa une extrémité de la corde improvisée autour de sa taille, jeta le reste par la fenêtre, demanda à Tara de descendre le plus rapidement possible pour ne pas attirer l'attention.

Il lui recommanda de ne pas regarder en bas et de se tasser dans un coin en l'attendant.

Tara avait peur, elle hésitait.

« Regarde Tara » dit Gérard, « je vais te tenir fermement. Le danger ne vient que de toi, que du vertige auquel tu peux céder. Le vide est un hypnotiseur. Si tu sais que tu ne peux lui résister, tu ne dois pas le regarder ».

Tara commença à descendre, elle tremblait. Elle regardait vers la fenêtre qu'elle venait de quitter et apercevait le visage rassurant de Madame Oubaseka qui s'était penchée pour l'encourager.

A l'arrivée, elle secoua les draps comme convenu. Gérard les ramena à lui, les rangea dans le sac que Meng maintenait ouvert pour gagner du temps, prit le sac à dos de Michel, grimpa sur le rebord de la fenêtre, s'accrocha à la gouttière et rejoignit Tara.

Madame Oubaseka retourna dans la chambre.

Meng ouvrit lentement la porte de la chambre. Michel transpirait et tremblait. Elle essaya de faire baisser la fièvre.

Elle était certaine que Gérard n'avait pas tout dit. Ce poison était sans doute plus puissant qu'il n'avait voulu le dire. Mais il valait mieux que Tara l'ignore. C'était mieux ainsi. La peur pouvait amoindrir des facultés dont elle avait besoin pour le sauver.

Meng se reprochait d'avoir accepté l'idée de ce repas. Elle n'avait pas su protéger Michel. Mais Gérard avait raison, ils étaient en danger partout.

L'aventure était donc finie ? Non ! Il fallait se battre jusqu'au bout.

Elle tenta de visualiser les énergies du jeune homme. Elles tournaient à une allure trop rapide, puis ralentissaient dangereusement. Meng se concentra, les mains positionnées à une vingtaine de centimètres au-dessus du corps malade, elle redonnait un équilibre à une circulation énergétique défaillante.

Michel ouvrait les yeux de temps en temps. À un moment, il sembla retrouver sa conscience.

« J'ai vu ma mère » dit-il avec difficulté. « Elle vient me chercher peut-être »

Meng eut un pincement au cœur. « Non ! » Lui répondit-elle, « elle vient t'aider seulement ».

Elle savait que l'esprit qui croit à sa fin abandonne la lutte.

« Tu n'as pas accompli ton projet de vie, Michel. Tu es obligé de rester encore longtemps avec nous. Il y a encore tellement à apprendre » rajouta-t-elle.

Michel lui sourit, puis il s'endormit, mais il était parfois secoué de tremblements, et au grand désarroi de Meng, il souffrait.

Meng veillait et recommençait le travail sur les énergies, il semblait ralentir le processus.

Son téléphone portable vibra. C'était un message de Tara
« Voie du cœur est pavée »

Tara avait dessiné un plan pour leur périple, et ils n'eurent pas de mal à retrouver l'impasse. Elle était pavée. Tout concordait.

Elle avait envoyé un message à Meng. Il était convenu qu'elle suivrait ainsi leur progression si cela était possible.

Le plus difficile restait cependant à faire.

Il fallait être vigilant, se rappeler les mots de Pablo, ceux de Kumpiy, anciens ou récents. Les mots : *Suivez la chaussure* les intriguaient.

Tara avait emmené sa lampe de poche qu'elle emportait dans tous ses voyages. L'impasse baignait dans l'obscurité la plus totale.

Elle n'était pas très longue, elle comportait peu d'ouvertures, mais ils en auraient pour des heures à tout inspecter avec ce petit rond de lumière.

« Meng nous dirait d'attendre un signe » dit Tara. « Ou d'en demander un » rectifia Gérard.

Un chat passa entre eux en miaulant, les faisant sursauter. Il fit quelques pas, se retourna pour les regarder, puis reprit sa marche gracieuse. Il s'arrêta, s'assit et commença une minutieuse toilette.

Le signe s'était manifesté. Ils avancèrent jusqu'à l'animal, mais un volet s'ouvrit. Ils eurent juste le temps de s'aplatir contre la porte la plus proche.

« Vient là mon minou ! Allez rentre ! ». Le chat se précipita vers la porte ouverte ou une femme l'appelait en lui montrant une gamelle. La porte se referma.

Tara et Gérard reprirent leur recherche, et commençaient à douter. L'heure passait. Meng pourrait peut-être repousser le moment fatidique, mais pendant combien de temps !

« Le chat s'est arrêté là pourtant ! Alors ce n'était pas un signe » dit Tara en laissant tomber ses bras de découragement.

Son geste avait éclairé le pavé. Gérard lui fit remarquer que ni kumpiy, ni Pablo n'avait parlé de marque sur une porte.
« Et si c'était sur le pavé justement » lui dit-il, « pourquoi cette précision : *voie du cœur est pavée* ».

Tara reprit courage, et soudain elle la vit. Une chaussure était gravée dans la pierre. Elle faisait face à un soupirail fermé par une porte en bois brun ; pas de serrure, juste une petite ouverture ronde.

« Il faut certainement la pousser » dit Gérard. « Et cette ouverture sert sans doute à avoir une prise en y passant les doigts.» En effet, elle bascula.

La lampe montra un palier très étroit qui donnait sur un escalier descendant vers leur droite. Ils refermèrent derrière eux. Les marches étaient inégales, et il fallait être prudent. Elles donnaient sur une sorte de cave totalement vide.

Au fond, un escalier montait. À droite encore, un autre escalier, en colimaçon celui-là, descendait dans l'obscurité. Le dessin d'une chaussure décorait l'un des murs. Ils avaient progressé.

« Il faut descendre » dit Tara, *Et deux fois sous terre - Guérisseur a gagné.*

L'escalier grinçait. Chaque pas déstabilisait l'ensemble, et tout semblait prêt à s'écrouler.

Il donnait sur un couloir. Il y avait cinq portes en bois, toutes du même côté. Tara repéra un interrupteur. Il pouvait avoir un peu de lumière. Elle ne les trahirait pas, le lieu était trop en profondeur.

Comptez trois avait dit Pablo. « Regarde » dit Gérard « le verrou est cassé. Reste à l'arrière et fuis s'il y a quelqu'un. »

Gérard ouvrit lentement et se trouva devant une deuxième porte. Elle était entrouverte et la pièce était éclairée.

Il la poussa brusquement de son pied et recula prestement. Rien ne bougeait à l'intérieur. Il avança lentement, entra et se détendit.

Il appela Tara, et jeta un coup d'œil circulaire à la pièce. Les étagères, les livres, les flacons avaient été renversés ; à gauche, un lit de camp, une petite table et une chaise.

À droite le bureau avait été retourné, les tiroirs vidés, les dossiers ouverts, puis jetés à terre.

Soudain Tara et Gérard se précipitèrent. Une main dépassait des montagnes de papiers déversés. Ils découvrirent un corps inerte.

« Pablo » cria Tara.

S on visage était tuméfié. La manche de sa chemise était relevée, une goutte de sang perlait de son bras. Pablo, lui aussi, avait été empoisonné. Mais il vivait encore.

Il ouvrit les yeux qui s'éclairèrent d'une étincelle de joie quand il les reconnut.

« J'ai encore un peu de temps à vivre, je vais essayer de vous aider. La clé est dans la connaissance. Fermez... » Mais il s'évanouit. Il était brûlant de fièvre. Son cœur battait rapidement.

Tara tenta de le soulager et de ralentir le processus d'empoisonnement. Mais il fallait trouver l'antidote. La formule était peut-être partie avec les voleurs.

La clé est dans la connaissance, c'était évident il leur fallait la formule. La phrase : *Mais ne pourra faire, si labeur, n'a pas clé* le confirmait. Mais où la trouver ?

Gérard se tenait la tête. Tout tournait. Il se sentait dépassé, impuissant. Il fallait peut-être ouvrir Kumpiy. Quelque chose le perturbait.

Des larmes coulaient des yeux de Tara. Tout était perdu.

Quand Gérard vit son visage ravagé de désespoir, il se ressaisit. « Tout est encore possible » lui dit-il. « Pablo n'a rien dit, la formule est ici, trouvons-la. Laissons parler notre intuition. »

Gérard regardait autour de lui. Comme il se reprochait de n'avoir pas gravi les degrés de la Confrérie, car les perceptions s'affinaient avec le sixième degré.

Il essayait de se recentrer sur le problème. Son regard se fixa sur la porte.

« Pourquoi Pablo et Kumpiy parlent-ils de clé ? Les mots auraient pu être différents. Il s'agit peut-être d'une vraie clé ! » S'exclama-t-il.

« Alors, elle est cachée dans un livre » dit Tara, « *la clé est dans la connaissance* ».

Tous les livres étaient à terre. Ils les prirent un par un, faisaient tourner les pages rapidement, les secouaient et les posaient en tas près d'eux.

Soudain Tara eut un arrêt. « Connaissance des poisons » lut-elle à haute voix.

Gérard se précipita. Ils l'observèrent sous toutes les coutures. La tranche était un peu large pour le nombre de pages. Il fallait un objet long et fin. Ils trouvèrent une règle. Tara la passa entre le cuir et les pages.

Elle buta contre quelque chose, poussa fortement. Une clé tomba à terre. Mais cette découverte posait plus de questions qu'elle n'apportait de réponse. Qu'ouvrait cette clé ?

« Ou bien, que ferme-t-elle » déclara Tara. Pablo était au plus mal et gémissait. Il ouvrait de temps en temps les yeux. Il les écarquillait soudain. Il répétait avec difficulté : « fermez.. »

Tara trouva un torchon, le mouilla d'eau froide, et le déposa sur le front du malade. L'opération n'aurait pas un grand effet sur l'empoisonnement, mais aurait le mérite d'apaiser, au moins légèrement, sa fièvre.

Gérard continuait ses recherches. Son tour d'horizon ne laissait entrevoir aucune serrure correspondante autre que la porte. Et Pablo répétait : « Fermez... »

Gérard mit la clé dans la serrure. C'était bien celle de la porte. Il claqua le battant, et donna un tour. Puis ils attendirent.

Ils entendirent alors un léger sifflement. Quelque chose bougeait au niveau du mur face à la porte. Mais rien ne s'enclenchait. Il s'approcha

« Tout ce qui est à terre gêne le mécanisme » s'écria-t-il.

Ils se mirent à l'ouvrage pour dégager la cloison, qui, après un claquement, tourna sur elle-même, puis s'arrêta.

Ils découvrirent alors des étagères à rebords sur lesquelles étaient rangés de nombreux flacons étiquetés de différentes couleurs.

Une des tablettes était plus large, des éprouvettes, un microscope et d'autres petits matériels y étaient calés soigneusement.

Dans un grand bocal de verre, on pouvait voir une dizaine de seringues, et autant de mini-flacons.

À gauche, un petit battant était fermé, mais un bout de papier dépassait. Il avait dû être rabattu précipitamment.

Gérard l'ouvrit. Des pages attachées entre elles par des rubans étaient posées à l'intérieur.

« Les feuillets manquants de Kumpiy » s'exclama Tara qui avait laissé Pablo un moment.

La première page était tournée, la deuxième faisait apparaître un texte.

Dans monastère
Amis attendus
Cherchent mystère
Et pages perdues.

« C'est donc ainsi qu'il nous a trouvés » dit Tara.

« Trouvons la formule » dit Gérard. Ils feuilletèrent les pages. Sur une d'elles figuraient des codes qui devaient représenter les substances nécessaires à la fabrication de l'antidote. D'ailleurs, des codes similaires figuraient sur les étiquettes des flacons.

AX3
TRZ9
UHY2
PND6

Une moitié de méthode de fabrication était notée sur la page suivante. Ainsi on pouvait lire :

2/3 AX3 avec
Mélanger
UHY2 doit être
Puis ajouter à
Avant d'être intégré
Mélange et terminer

L'autre moitié ne pouvait être cachée que dans Kumpiy. Gérard s'empara du gros livre et l'ouvrit. La page de gauche était vierge, sur celle de droite figurait le dessin d'un serpent.

« Non ! » dit-il. « *Guérisseur a gagné*, c'est toi qui dois ouvrir »

Tara s'exécuta. L'autre partie de la formule apparut. En rapprochant les pages cela donnait :

Pour une dose de poison

5ml AX3
1ml TRZ9
1 mlUHY2
0,5 ml PND6

et

2/3 AX3 avec
TRZ9 Mélanger
UHY2 doit être
Chauffé à 50° Puis ajouter à
PND6 Avant d'être intégré
Au premier Mélange et terminer
Par 1/3 AX3

Il n'y avait plus qu'à se mettre à l'ouvrage.

Tara était maintenant très calme. Elle proposa de confectionner trois doses d'antidote : une pour Pablo immédiatement, et deux pour Michel. « Chacun partira de son côté » dit-elle à Gérard d'un air résolu. « Nous doublerons nos chances ».

« Tu as raison Tara, mais pourras-tu faire face à un de nos ennemis si tu étais attaquée » lui répondit-il.

« Je n'ai pas votre force physique, ni votre technique, Gérard, mais j'ai autre chose, et j'ai beaucoup progressé » lui expliqua-t-elle en commençant la préparation.

« C'est entendu » dit Gérard, « mais partons ensemble et séparons-nous si nécessaire ».

Tara accepta le compromis et les flacons furent bientôt prêts.

Tara fit une injection à Pablo, maladroitement, certes, mais cela devrait aller.

Ils préparèrent deux paquets contenant chacun un flacon d'antidote et une seringue qu'ils enveloppèrent dans des feuilles de papier ramassées parmi celles qui jonchaient le sol.

Gérard plaça le sien dans le sac à dos avec le Livre Sacré et les feuillets. Tara le rangea difficilement dans sa petite pochette.

Ils regrettaient de laisser Pablo ainsi, mais ils n'avaient pas le choix.

Il était toujours inconscient. L'antidote arriverait-il à le sauver ? Il était peut-être trop tard.

Ils passèrent prudemment la double porte. Quand Tara avait tourné la clé de la première, la cloison avait repris sa position initiale.

Arrivé à l'escalier, Gérard eut un doute. Il revint sur ses pas et replaça de façon désordonnée ce qu'ils avaient dégagé pour libérer l'ouverture du mécanisme. Il emmena la clé.

Ils arrivèrent bientôt près du soupirail. Gérard inspecta les lieux avant d'ouvrir. Le jour se levait à peine. Il laissa passer un jeune homme en bicyclette, et ils sortirent.

Ils quittèrent l'impasse au pas de course, puis prirent la direction de l'hôtel.

Les petites rues encore désertes n'étaient pas rassurantes. Ils se pressaient pour parvenir à l'artère principale où ils seraient plus en sécurité.

Bientôt, ils aperçurent le clocher du monastère. Ils n'eurent pas le temps de s'en réjouir, des bruits de pas précipités résonnaient derrière eux.

Deux hommes les suivaient.

« Il faut nous séparer » dit Tara. Et elle bifurqua sur la gauche. Gérard, surpris une seconde, continua son chemin. Il était persuadé que les deux hommes le suivraient puisqu'il avait le sac à dos. Mais ils se séparèrent.

Gérard eut un moment de panique et se ressaisit. Il décida de ramener l'antidote et Kumpiy à Meng le plus rapidement possible, et de retourner aider Tara.

Il accéléra alors le rythme. Mais l'homme sortit une arme et tira. Il fallait se débarrasser de lui avant l'arrivée à l'hôtel. Il finirait par tuer quelqu'un. Si ce n'était lui, ce serait un passant.

Il arrivait à un embranchement, et prit la rue la moins fréquentée. Les boutiques aux rideaux baissés se succédaient.

Il aperçut un volet roulant levé, et s'apprêtait à passer le plus vite possible pour éviter de risquer la vie d'innocents, quand il comprit qu'il s'agissait d'un garage. Il y pénétra immédiatement, se cacha derrière un pilier, chercha sa sarbacane dans la poche extérieure du sac, et attendit.

Il devina l'entrée prudente de son agresseur. Il entrevit son ombre en se penchant légèrement, puis s'aplatit à nouveau contre le pilier.

Soudain une voix cria : « Hé ! Qu'est ce que vous faites », et un inconnu apparut en pleine lumière.

Gérard n'avait plus le choix. Il souffla sa fléchette en tentant de viser correctement la main qui tenait l'arme. Elle flancha une seconde. Puis il se jeta sur son poursuivant, lui arracha son pistolet, lui donna un grand coup sur la tête.

L'homme était assommé. Gérard jeta l'arme dans une poubelle, et reprit sa course effrénée.

Comment se débrouillait Tara. Cette pensée l'obsédait.

Il entra dans l'hôtel en bousculant plusieurs personnes, ne prit pas le temps de prendre l'ascenseur, et tambourina à la porte de la chambre en appelant Meng pour se faire reconnaître. Quand elle ouvrit, il lui remit le paquet contenant l'antidote et s'apprêta à repartir.

« Non ! Administrez l'antidote tout de suite. J'y vais. Tara m'a appelée en me donnant sa dernière position. Et puis, ce sera plus facile pour moi » lui dit Meng.

Après avoir envoyé un message, elle mit son téléphone portable dans sa poche, prit la sarbacane et quelques fléchettes, et elle détala.

Gérard s'exécuta et attendit.

C'était vrai, Meng, avec son ressenti très affiné, repérerait plus facilement Tara que lui.

Au moment où ils s'étaient séparés, Tara avait couru le plus vite possible, mais elle n'avait pas la rapidité, et surtout l'endurance de Michel, de Gérard ou de Meng.

L'homme avait tiré, mais elle avait senti qu'il n'essayait pas de la tuer. Il la voulait vivante. Elle se demandait si elle devait s'en réjouir.

Elle était entrée dans un passage qui donnait sur plusieurs immeubles, s'était cachée, et avait appelé Madame Oubaseka.

« Maître ! Nous avons l'antidote, chacun de nous en a un flacon. Nous avons dû nous séparer pour avoir plus de chance. Comment va Michel ?
- Où es-tu ?
- Je ne sais pas. Je suis perdue. Attendez ! Je vois une plaque »

Tara avait juste eu le temps de répondre à Meng. Son agresseur était là, face à elle. Il fallait essayer de gagner du temps.

« Avance vers moi les mains en l'air ou je tire
- Non
- On joue les fortes têtes ? Si je tire tu seras moins fière

- Non ! Vous ne me tuerez pas. Ce ne sont pas vos ordres. »

L'inconnu était furieux, il vint vers elle d'un pas décidé. Mais Tara tendit les mains vers lui en se concentrant, et il fut propulsé quelques mètres plus loin.

Il se releva, reprit son arme, mais Tara s'était enfuie.

L'homme était maintenant entré dans une colère incontrôlée. C'était là qu'il serait dangereux. Les ordres deviendraient secondaires. Mais il cumulait de plus en plus de maladresses.

Elle sentit son téléphone vibrer. Elle avait reçu un message : « Gérard est là, j'arrive ».

Des larmes de joie mouillèrent ses yeux. Elle devait gagner encore plus de temps, et ne pas s'éloigner pour permettre à Meng d'arriver. Elle ne retrouverait pas son chemin. Elle s'était égarée.

Elle faisait tourner son poursuivant en rond, ce qui l'exaspérait davantage encore.

L'homme la talonnait, et elle commençait à perdre du terrain. Elle aurait voulu le rejeter encore comme tout à l'heure, mais toutes ses forces se vidaient dans cette fuite éperdue.

Il finit par la rattraper. Elle n'avait plus aucune chance, trois autres hommes arrivaient.

Du haut d'un immeuble, Meng observait la scène.

Meng se demandait comment elle pourrait venir en aide, seule, à Tara. L'homme qui la poursuivait l'avait attrapée et avait lié ses mains dans son dos. Trois autres personnes étaient arrivées.

Ils se dirigeaient tous vers le sous-sol qui abritait un parking. Il fallait intervenir avant qu'ils ne l'exécutent, ou qu'ils l'emmènent.

Elle descendit de son promontoire le plus rapidement possible, et entra derrière eux, tout en maintenant une certaine distance. Quand ils s'arrêtèrent, elle s'approcha.

Trois autres individus attendaient les truands avec deux voitures. Elle voyait Tara sous une lampe du sous-sol.

Quatre hommes étaient déployés autour de celui qui paraissait être le chef, deux étaient postés un peu plus loin, sans doute pour surveiller l'arrivée inopinée de visiteurs. Elle entendait maintenant la conversation.

« C'est donc toi, Tara la guérisseuse » s'exclama Vath. Meng le reconnut.

« Je te tuerai moi-même » continua-t-il, « je voulais que Meng assiste à ton exécution. Elle est arrivée. Je ne sais pas encore où elle est, mais je le sens, elle est là et nous observe. »

Madame Oubaseka reçut ces paroles comme un coup au cœur.

Comment sortir de cette impasse. Ils étaient bien trop nombreux, tous entraînés et armés. Elle n'avait qu'une sarbacane et quelques fléchettes.

« Meng ! Je sais que tu es là ! » Reprit Vath, « viens nous rejoindre ».

Madame Oubaseka ne broncha pas. Elle perdait espoir.

C'est alors qu'elle vit deux ombres s'approcher des gardes un peu éloignés, et les assommer silencieusement. « Ce sont nos amis d'Irlande » pensa-elle. L'un d'eux récupéra une arme.

« Meng ! Michel et le petit notaire seront morts dans moins d'une heure. Je vais tuer Tara, et ce sera ton tour. » Vath essayait de la déstabiliser.

« Ne vous réjouissez pas si vite, Michel a reçu l'antidote » dit Tara triomphante.

« Et non mademoiselle ! » répondit Vath, « Votre petit ami a reçu deux doses de poison. S'il n'a pas une deuxième injection d'antidote dans les deux heures suivant la première, il mourra. » Un rire tonitruant suivit la déclaration. « Pour moi, il est donc mort ».

Tara, folle de colère et de désespoir se jeta tête la première contre Vath, qui, surpris, chuta contre la voiture placée derrière lui.

Meng et ses deux amis cagoulés en profitèrent. Ils utilisèrent tous trois leurs sarbacanes et l'arme qui avait été récupérée.

Vath avait ramassé son pistolet, mais Meng était déjà sur lui, elle le projeta au loin par un grand coup de pied. Un combat s'engagea, d'autant plus difficile pour elle, qu'il était fratricide.

Tara se démenait comme un beau diable pour libérer ses mains. Le regard fou, la mâchoire serrée, elle débitait tous les noms d'oiseaux qu'elle connaissait.

Les deux amis masqués de Meng finirent par assommer les trois truands dont la virulence avait été tempérée par le soporifique.
Ils se saisirent ensuite de Vath, le piquèrent avec une fléchette dans le cou, et le maintinrent pendant que la drogue faisait effet. Il proférait des menaces et se débattait, mais finit par s'écrouler.

Pendant ce temps Meng libérait Tara.
Un des hommes cagoulés s'apprêtait à prévenir la police, mais une sirène résonna dans le parking. Les habitants de l'immeuble avaient dû l'alerter.

Tous les quatre s'enfuirent. Il n'y avait pas de temps à perdre, il fallait sauver Michel

Les deux hommes guidèrent Tara et Meng vers une voiture. Ils arrivèrent rapidement à l'hôtel.

Tara la guérisseuse

Pendant ce temps, Gérard soignait Michel du mieux qu'il pouvait. Il essayait de faire baisser au maximum la fièvre. Il tenta le magnétisme, mais il n'arrivait pas à se concentrer suffisamment.

Quelque chose clochait. L'antidote avait été administré, et même si le résultat ne pouvait être immédiat, une amélioration aurait dû être visible.

Or, Michel était maintenant dans le même état que l'était Pablo quand il était arrivé, avec Tara, dans son repère.

Que se passait-il ? La formule était-elle la bonne ? Les feuillets étaient-ils les vrais ? Avait-il été maladroit lors de l'injection ?

Gérard se demandait s'il ne fallait pas laisser Michel et retourner au laboratoire secret de Pablo pour préparer une autre dose.

Tara en avait une deuxième. Il fallait peut-être attendre !

Devrait-il interroger Kumpiy ?

Gérard se saisit du livre et laissa faire le « hasard ».

Il lut le texte en se demandant s'il était assez concentré pour obtenir une réponse. Les mots semblaient correspondre à un autre problème. Il relut à nouveau les phrases en se concentrant

Guérisseur saura
Retrouver ses pas

Mais dans le passé
Est la vérité

Quand vie sauvera
La paix trouvera

Cependant, la première strophe indiquait que Tara reviendrait. Le mystère venait du fait que le texte semblait dire qu'elle était perdue. Tara s'était-elle égarée ?

La suite le laissait sans voix. Cela pouvait vouloir dire que le vaccin apporterait la guérison, ce qui lui ferait reprendre courage. Oui ! Cela pouvait être cela. Gérard savait qu'il interprétait selon ce qu'il voulait croire, mais il préférait être optimiste.

Il fallait attendre.

Soudain il sentit une présence devant la porte. Il allait ouvrir, tout joyeux de retrouver Tara et Meng, mais il s'arrêta. Cette présence était menaçante.

Il cacha immédiatement le Livre Sacré.

Quelqu'un tournait la poignée lentement, mais un tour de clé avait été donné.

Gérard se précipita vers la fenêtre, l'ouvrit en grand pour simuler une fuite, et se cacha dans l'armoire dont la partie penderie était assez large. Il referma à moitié.

L'inconnu avait forcé la serrure très silencieusement, sans doute au moyen d'une épingle.

Il entra brusquement l'arme au poing, et laissa échapper un juron en ne trouvant que Michel dans la pièce.

Il se jeta sur la fenêtre pour repérer où se trouvait Gérard. Il appelait déjà un comparse.

Un coup violent du tranchant de la main s'abattit sur l'inconnu qui s'écroula. Gérard poussa l'arme au loin d'un coup de pied.

L'agresseur se releva rapidement et lui fit face. C'était Luis.

« Voilà pourquoi Pablo n'a pas remis les feuillets ! » Dit Gérard. « Un traître ! ».

« Vath m'a promis ta peau, l'occasion était tentante » répondit Luis, « et je vais m'empresser de la prendre ».

Il se jeta sur Gérard et le plaqua contre le mur.

« Mon visage ne te dit rien ? Je lui ressemble pourtant. Rappelle-toi ton combat pour le cinquième degré. Mon frère était face à toi et tu l'as tué ».

Les mots de Kumpiy revenaient : *mais dans le passé est la vérité.*

Gérard se dégagea violemment. « Il a basculé par-dessus la rampe. C'est lui qui m'a agressé ».

« Tu l'as tué » répétait Luis fou de rage.

Gérard reculait. Le rappel du drame lui faisait perdre une partie de ses moyens.

Quand son agresseur se jeta sur lui, il recouvra ses esprits et esquiva l'attaque. Luis s'abattit alors sur le rebord de la fenêtre et bascula tête la première.

En un quart de seconde, Gérard avait réagi et l'avait rattrapé par un pied. Il n'arrivait pas à le remonter.

Soudain, tout lui revint en mémoire. Le combat du passage au cinquième degré, et son assaillant refusant la victoire de Gérard, le second combat qui les avait opposés et menés naturellement vers l'escalier.

C'était le frère de Luis ! Et il avait eu la même attitude. Son premier agresseur lui avait sauté dessus de la même façon. Et de la même façon, Gérard s'était écarté. Son adversaire avait basculé par-dessus la rampe, comme aujourd'hui Luis par-dessus la fenêtre.

Le traumatisme du décès avait rejeté de sa mémoire les détails du drame. C'était pour cela qu'il se sentait mal. C'était parce qu'il avait oublié ce qui s'était réellement passé. Peut-être croyait-il au fond de son âme qu'il l'avait réellement tué en s'écartant ?

En recevant directement l'attaque, ils seraient sûrement tombés et auraient peut-être trouvé la mort tous les deux.

Sa culpabilité était celle ne pas avoir risqué sa vie pour sauver le frère de Luis.

Tous ses souvenirs étaient revenus à une vitesse ahurissante, à la vitesse de la pensée. Il se ressaisit.

« Ne bougez plus Luis, vous vous alourdissez. Calmez-vous, je vais vous remonter. Essayez de rapprocher vos jambes lentement. »

Visiblement Luis n'y arrivait pas. Il restait muet.

« Vous pouvez le faire Luis, vous êtes entraîné » reprit Gérard.

Au bout de quelques secondes, les deux pieds se rapprochèrent et Gérard empoigna l'autre cheville.

« Je vais vous tirer d'un coup vers l'intérieur. Pour cela je vais être obligé de me pencher légèrement. Ou vous m'aidez en vous propulsant en arrière, ou vous m'entraînez avec vous, et nous mourrons tous les deux ».

Gérard s'avança vers le vide, utilisa toutes ses forces pour écarter Luis du mur. Il se sentait déjà attiré vers le bas.

Il tira alors violemment le corps, il sentit soudain que Luis exerçait une poussée arrière.

Gérard et Luis tombèrent lourdement à terre.

Quand vie sauvera, la paix trouvera

Meng et Tara entraient à ce moment-là. Elles s'étonnèrent de la présence de Luis affalé au pied de la fenêtre, mais les questions seraient pour plus tard.

Pendant que Tara préparait la seringue, Meng soulevait la manche de Michel. L'antidote fut injecté. Il était temps.

Un des individus cagoulés avait accompagné les deux femmes, et était arrivé peu après. Il n'était pas entré par l'entrée principale de l'hôtel de façon à préserver son anonymat.

Il put constater que tout allait bien. Il fallait maintenant attendre le rétablissement de Michel.

Il se prépara à partir en emmenant Luis, qui complètement hagard et sous le choc n'opposait pas de résistance. Il devait l'interroger. Il les salua, mais Tara le retint.

« Et Pablo ! Nous avons dû le laisser ».

Mais Pablo était sain et sauf. Quelques heures avant l'arrivée de Tara et Gérard au laboratoire secret, le commando avait emporté tous les documents de recherche de leur ami pour les mettre en lieu sûr.

« Il n'a pas voulu nous suivre pour vous remettre les feuillets manquants. Il l'a échappé belle. Un grand merci pour lui » dit l'inconnu. « Il est maintenant à l'abri ».

Meng voulait en savoir plus, elle tenta sa chance. « Les travaux de Pablo sont importants. Qu'est-ce que cela cache ? »

Leur ami masqué hésita une minute, puis il regarda Madame Oubaseka droit dans les yeux.

« Je ne peux rien vous dire pour l'instant. Mais sachez cependant que la menace est beaucoup plus grave que la fabrication d'un simple poison ». Et il disparut.

En se penchant par la fenêtre, Gérard le vit entrer dans une voiture avec son prisonnier. Il avait remis le chapeau qui dissimulait en partie son visage, comme dans la cathédrale. Il ne pouvait garder sa cagoule dans l'escalier.

Tara soignait Michel qui commençait à s'agiter.

Meng était aussi près de lui, les yeux fermés, les deux mains de part et d'autre du visage, les doigts appuyés sur ses tempes, elle se concentrait pour vérifier l'état de la circulation des énergies de Michel. Tout allait bien, la vie reprenait le dessus.

Tara, Meng et Gérard se relayaient auprès de Michel. Il allait déjà beaucoup mieux, mais il dormait beaucoup. Il ouvrait les yeux, souriait en apercevant un de ses amis, buvait un peu et repartait dans un sommeil profond.

Au matin, Michel se réveilla en déclarant qu'il était en pleine forme et qu'il avait faim. C'était bon signe.

Gérard le soutint pour lui faire faire quelques pas qu'il exécuta avec quelques difficultés, mais les progrès étaient notables.

Tara avait retrouvé sa gaîté et son optimisme.

Meng rangea la petite table où traînaient encore les feuilles de papier qui avaient enveloppé les seringues et les flacons. Elle avait commandé un petit-déjeuner et elle espérait bien que Michel pourrait avaler quelque chose.

En les jetant dans la petite poubelle de la salle de bain, Madame Oubaseka eut un arrêt. Quelques mots avaient attiré son attention sur le dernier feuillet. Elle le récupéra, la défroissa et s'approcha de la fenêtre pour la lire plus commodément.

C'était un début de lettre. Le message s'arrêtait au milieu d'une phrase. Il lui semblait bien reconnaître l'écriture de Pablo. Elle comparerait en rentrant, avec les correspondances qu'elle avait dû garder Il avait peut-être été interrompu.

Elle lut le texte.

L'auscultation du dernier patient infecté a révélé les mêmes symptômes que ceux des patients précédents.
L'étude est en bonne voie mais demandera encore quelque temps. Je ne peux me rendre à mon laboratoire qu'avec d'extrêmes précautions. Je crains d'être surveillé nuit et jour. D'autres souches me seront nécessaires pour expérimenter les réactions aux

Le texte s'arrêtait là.

Le jour suivant, Michel allait beaucoup mieux. Ses trois amis décidèrent de lui raconter leurs mésaventures, et Michel, retrouvant son sens de l'humour, les chahutait gentiment.

« Les trois mousquetaires » plaisantait-il, « mais ne me parlez pas de l'état de d'Artagnan ».

Tous étaient inquiets de la découverte de Meng. Ce message ne présageait rien de bon. Vath était assez fou pour imaginer un scénario catastrophe.

Ils garderaient cette découverte secrète.

Ils décidèrent ensuite de donner à Kumpiy ses feuillets manquants et Gérard enclencha le mécanisme d'ouverture. Les feuillets numérotés reprirent leurs places.

Mais Michel aussi avait quelque chose à raconter. Son corps était malade mais son esprit vagabondait.

Il avait eu de drôles de rêves, des visions étranges. Il avait vu sa mère lui présenter ses ancêtres. Elle lui avait dit qu'elle l'avait emmené loin pour le protéger, mais que tout cela était vain, qu'on n'échappait pas à son destin. Et puis tout s'effaçait et il se voyait face à Vath, armé de son épée et ils livraient un combat redoutable. Ensuite, il y avait des images de serpent et de dragons à sept têtes.

« Que des trucs idiots » leur dit-il.

Meng n'insista pas, car Michel n'était pas prêt, et il était encore faible. Mais tous ses « rêves » n'étaient qu'une autre réalité. Beaucoup d'images étaient symboliques. Les serpents et les dragons étaient des figures initiatiques.

Elle leur fit part alors de ses doutes concernant la mort d'Yves Merlin. Les symptômes de son mal étaient les mêmes que ceux de l'empoisonnement de Michel, mais en plus lents.

Quelqu'un avait profité de sa faiblesse, mais Meng ne voyait pas comment cela avait pu se faire.

Le neveu d'Yves était peut-être responsable. Ils avaient pu constater tous les quatre, dans une précédente aventure, comment lui et sa compagne pouvaient être dangereux. Tara se rappela alors dans un frisson, de son enlèvement par ces deux personnages.

Il y avait aussi le médecin qui venait tous les deux jours.

Le temps viendrait sans doute où il pourrait résoudre cette énigme.

Mais un rayon de soleil éclairait la pièce, et Tara proposa une promenade.

« Cela fera le plus grand bien à notre malade » dit Gérard avec bonne humeur.

Meng fut vite d'accord pour marcher un peu. Michel ne pourrait sans doute pas aller bien loin. Mais il y avait un square tout proche, et il pourrait s'asseoir pour se reposer.

Meng se leva alors, et empoigna le Livre Sacré pour le ranger. Elle le laissa choir lourdement et pesta contre sa maladresse.

Il s'était ouvert sur une page. Elle lut rapidement le message, et devinant sa teneur, referma prestement le livre.

Elle le rangea et se prépara à sortir, mais elle gardait les mots en mémoire. « Il n'y a pas de hasard » se disait-elle.

Épée ou reflet
Jamais n'est dompté

Très proche ou très loin
Si oublie destin
Il viendra demain.

Quand ils furent dehors, ils profitèrent de la douceur de l'air. Bien qu'on puisse voir quelques nuages menaçants, le temps leur accordait sa clémence.

Les journaux relataient l'arrestation de plusieurs individus, retrouvés tous endormis dans un parking de la ville. La police avait rapproché l'affaire de faits similaires survenus en Irlande. L'enquête était en cours.

Les quatre amis pouvaient rentrer chez eux, leur mission était accomplie.

Tara s'insurgea : « nos ennemis sont sous les verrous, pas pour longtemps, en plus, nous pourrions en profiter pour faire du vrai tourisme. Je voudrais voir la Sagrada Familia, et le parc Güell ».

Tout le monde trouva l'idée excellente.

Tara, Michel, Meng et Gérard profitèrent ensemble du répit qui leur était accordé. Ils savaient que d'autres aventures les attendaient. Pour l'instant, les moments de pure détente, sans les doutes, sans méfiance, sans dangers, sans énigmes étaient pour eux un pur bonheur.

Pourtant Meng était parfois songeuse. Posséder l'épée promettait la connaissance, mais aussi une certaine servitude. Elle devinait la prochaine étape, et elle savait que Katéka sortirait de l'ombre.

Cher Lecteur,

Comme dans les deux tomes précédents, Tara et Michel ont tenté de résoudre les énigmes offertes par le Livre Sacré.

Il reste encore bien des choses à découvrir dans toutes les phrases.

Suivons les énigmes telles des pistes vers notre vérité intérieure.

Reprenons les textes, et les mots nous accompagneront dans le plus merveilleux des voyages, celui qui nous mène à nous-mêmes.

Ygrec

Dépôt légal : avril 2012